青空の休暇

辻 仁成

幻冬舎文庫

青空の休暇

青春の末期

人は永遠の愛などというものに憧れるが、果たして永遠という響きにいかほどの信憑性《しんぴょうせい》があるだろう。最初から愛が永遠ならば、儚《はかな》さを知ることもないし、悲しみも後悔も幸福さえも意味をなくしてしまう。それは素晴らしいことではあるが、同時に退屈で、想像力に欠け、緊張感のない日溜《ひだ》まりのよう。愛は永遠ではないからこそ、輝いているとはいえないだろうか。人生は有限であるからこそ、今を生きようと人々は切磋琢磨《せっさたくま》する。青春も同じように、一時期のものだからこそ、青く輝く期間が眩《まぶ》しいのである。青春には明らかに永遠がない。そのことが青春を美しく尊く眩しくさせている。人生の意味を深め、価値を生み出している。

古代の専制君主は、永遠という響きに心を奪われ、不老不死を追求し、スフィンクスや巨大墳墓を建てた。その建築のために国家が疲弊し、滅びかけても、彼らは生まれ変わりや、永遠の命を手に入れることの方を優先させた。永遠を求める力が、文明を西や東に拡大させたといっても過言ではない。

けれどもどこにも永遠はなかった。どんなに偉大な国王であろうとも、永遠を手に入れることができた者はいない。なぜなら永遠は心の中だけに存在するものだから。一人歩きする永遠という言葉は、心の中にある純粋な永遠とは異なる。永遠は手に入れるものではなく、許すことに似て、尊く、心の荒野に放し飼いにされたものであろう。

この物語の主人公は、永遠という言葉を懐疑しつづけた。愛という言葉を容易には使わなかった。実直に人生と向かい合い、本質を究めようとした。彼が心にしまいつづけた愛の物語は彼が人生を最期まで投げ出さなかった記録でもある。そして永遠の愛ではなく、愛の永遠を求めつづけた証《あかし》でもある。

そう、悔恨は有害だ。しかし、そいつは人を殺しはしない。ところが、絶望は瞬時のうちに人を殺すんだ。

――アーネスト・ヘミングウェイ「異郷」

青空の休暇

1

白河周作はこのところ一日中、自分の手をじっと見ては裏返し、光に翳《かざ》してみたり、甲の皮膚の弛《たる》みを引っ張ってみたりして、弾力のあった時代を懐かしんでいる。何かが少しずつ変化をしているのは間違いないのだが、その変化に気づくのはいつも随分と後のことになる。それが歳を重ねるということであり、時間というものは様々なことを諦《あきら》めていくためにはちょうど良い速度なのだ、と周作は思う。それをいつの頃からか人は「悟り」と呼んだにすぎない。

食卓の上に夕食の準備が整っている。茶碗に盛られたご飯から白い湯気が昇っている。箸を、合わせた手の親指と人差し指との間に載せて、特別な信仰もないのに、周作は小さく祈りを捧げた。十一歳になる孫は茶碗を持ったまま、テレビ画面を振り返っている。マンガの主人公のおかしな動作に合わせて、笑ったり、真似《まね》をしてみたり、落ちつかない。なかなか子宝に恵まれなかった三男知久に、やっとの思いで生まれてきた子だった。そのせいか日々の躾《しつけ》に甘さも目立った。

「アンジュ、ご飯を食べる時は食べることに真剣になりなさい」

箸の使い方についても周作は忠告をしたかった。アンジュがそっぽを向いたので、しばらくその横顔を睨《にら》み付けていたが、久美子が料理を持って食堂に入ってきたので、代わりに母親の顔を見上げた。

「食事を終えてからテレビを見るようにさせた方がいいんじゃないかね」

久美子は周作の顔もろくに見ず、テレビのリモコンを摑《つか》むと、いきなり切った。途端、アンジュは、なんでなんで、今いいとこじゃん、と騒ぎだした。嫁も孫も周作の目を見ることはない。

「いいから、言われたとおりにしなさい。またママが叱られるでしょ」

「なぜテレビを見ながら食事をしてはいけないのかをきちんと説明したらどうかね」

周作が久美子にする忠告は、いつだって独り言のようなものだ。

「どうしてなの？　ママ、どうしてテレビを見ながらご飯食べたらダメなの？」

「あとで、パパに訊《き》きましょうね。さ、早く食べちゃいなさい」

若い頃には随分と覚悟を持った。その潔い覚悟の残党たちが、今日までの周作を支えてきたといっても過言ではない。周作はいかなる時も、自分を曲げずに通してきた。

日本が戦争に負けた時でさえ、周作は心根までアメリカに譲り渡すつもりは毛頭なかった。日本人が過去を捨て去り、アメリカ的生活にすんなりと移行した後も、彼は頑《かたく》なに自分の精神の拠《よ》り所を保ちつづけた。

老いてなお矍鑠《かくしゃく》と生きてきたつもりでいるし、何に対しても媚《こ》びたことは一度としてない。それが七十五歳になる周作の誇りでもあった。

妻が他界してから、ますます嫁たちとの折り合いは悪くなる一方だった。二年前、銀行員の長男茂久の家から、外食産業の開発部に勤める次男邦久の家に移った。そこでも嫁の応対は我慢の域を超えていた。嫁に頭の上がらない邦久は、煮え切らない態度に終始し、その情けない姿に呆《あき》れ果て、僅《わず》か一年で邦久の家を出た。かつての仲間は、自らをリヤ王になぞらえて自嘲した。

最後の場所である三男知久の吉祥寺の家も、戸を叩《たた》いた時点ですでに、よそよそしい空気が周作を出迎えた。表向き笑顔で出迎えた一番若い嫁も、周作の、歯に衣《きぬ》着せないはっきりとした物言いが気に入らないらしく、すぐに息子を通して抗議が返ってきた。

「父さん、僕たちが十分責任を持ってやっているので、アンジュのことに関しては口を出さないでもらえませんか」

アンジュという横文字の名前についても文句を言った。嫁が得意気に拵《こしら》えるマヨネーズだらけの料理にも再三忠告をした。成長期の子供には小魚や若布《わかめ》を食べさせないと安定した精神が培われない、と差し出がましくも意見を述べた。

「父さんは昔を見習えって言うけど、時代が違うんだから仕方ないじゃないか」

時代が違う、と三兄弟は見事に口を揃《そろ》えて言い訳をした。人間の構造が、たかが数十年でそれほど大きな変化を遂げるとは思えない。ましてや、進化というものは全《すべ》てが良い変化とは限らない。時代の流れに順応したにすぎないものを進化と決めつけ、媚びへつらう現代人の軟弱な考え方には、虫酸《むしず》が走る。周作は怒りを堪《こら》えて瞼を閉じた。彼の網膜には滅びていく国の姿が、まるであの日に見た、千メートルの火柱を上げて轟沈《ごうちん》していく戦艦アリゾナの傾く船体と、重なっていた。

2

家人が寝静まった頃、周作は、北向きの小窓越しに、息苦しそうに輝くほの黄色い月を眺めては、人生を振り返った。自分がいつのまにか、安易に人生を振り返る年齢になっていたことに、いささかの戸惑いを覚えながら。

総飛行時間五千五百時間。戦時下では中国大陸から南太平洋まで、青空狭しと飛行した。雷撃機の操縦をしていた頃は神業と誉《ほ》めそやされ、単座型の戦闘機乗りの時代には撃墜王と呼ばれ、若いパイロットたちの憧れの的だった。

戦後は国内の空を小型セスナ機で飛び回った。飛行機を操縦するしか能のない男と言われれば返す言葉もない、と自分でも認める。しかし、空のことなら誰にも引けをとらない自信はあったし、戦後のもっとも苦しい一時《いっとき》は、青空を見上げて精神の飢えを凌《しの》いだ。

息子たちには成長の節目節目で雄大な空の話を聞かせてきた。それぞれ中学にあがる歳には、フランスを代表する作家であり、勇敢な飛行士でもあるサン・テグジュペリの著書「夜間飛行」を一人一人に贈った。まだ航空機の性能が安定していなかった二十世紀初頭、サン・テグジュペリは類《たぐい》まれな冒険心を持って、三千メートル級のピレネー山脈を越え、アフリカ航路を開いた。周作はサン・テグジュペリを飛行士の中の飛行士と尊敬してきた。当時誰も挑んだことのなかった夜間飛行を敢行したその勇気を、国家を愛するその忠誠心を、周作は息子たちに伝えたかったのだ。

男の中の男であれ、と周作が言うたびに、息子たちは、男とか女とかの時代じゃない、と口を揃えた。軟弱な日本人に誰がしたのか。周作は嘆息を零《こぼ》した。そんな息子たちに養われるくらいならば、いっそ、英霊が待つ彼岸へ旅立つことも吝《やぶさ》かではない、と老人特有の独り言を口の中で呟《つぶや》きながら、隠せない寂しさを空へと向けた。

「言っちゃなんだけど、父さんは頑固すぎます。世界は九〇年代に突入したんだ。あと十年で二十一世紀なんですよ。なのに父さんは戦中の規律を今に押しつけようとしている。そんなの誰も理解できないよ。もっとソフトじゃないと誰も父さんを……」

かく漏らす三男だけが、父親の意思をついでパイロットの道を進んだ。航空自衛隊立川基地に所属する三佐である。現在は後輩たちの指導にあたっており、実際に空を飛ぶことはほとんどない。

周作は知久に大空の話をよくしたが、知久は戦争時代の裏話を聞きたがった。ゼロ戦や九七式艦攻の細かい性能について、また空中戦の経験談、魚雷や八百キロ爆弾の投下の仕方など、専門的な軍事知識を求めた。周作は知久に飛行士になってほしいとは思ったものの、軍人になってほしくはなかった。その微妙な食い違いが時々揉《も》め事の真ん中に横たわった。

「どうして？　父さんは男らしくあれっていつも言うでしょう。僕が自衛隊員になったことをもっと喜んでくれると思っていたのに。だって、父さんは撃墜王だったんでしょ。前に栗《くり》城《き》の小父さんが言ってたじゃない。その頃の話を聞いてどうしていけないんですか。真珠湾を攻撃した経験を父親が持っている。その息子が自衛隊のパイロット。だったら話を聞きたくなるのが当たり前でしょう。男らしくどう戦ったのか、父さんの口から聞きたいんですよ」

男らしくあれ、というのと、戦争の話は別のものだ、と周作は顔を顰《しか》めた。同じ軍人じゃないか、と言う知久の目を周作は見ることができないのが、心苦しかった。戦争の傷を息子には見せたくなかった。戦争経験を自慢したくなかった。男らしさを誤解させたくなかった。俺が言う男らしさってのは、お前らが考える形だけのものではない、と周作は口を尖《とが》らせてそっぽを向いた。

五十五歳で現役を引退した後、周作は反対する長男たちをよそに、しばらく警備員の仕事についた。知り合いにしれたらかっこ悪いから、どこかの小さな会社の役員とかになってよ、何か適当なのを紹介するからさ、と茂久は小言を言ったが、警備員のどこがかっこ悪いんだ、と周作は聞く耳を持たなかった。

警備区域に屯《たむろ》している不良たちを注意したために大怪我をするまで、警備員の仕事は続いた。戦後は趣味程度に合気道の指導をしており、腕に自信があったことも災いした。相手は五人だった。

病院に駆けつけた息子たちは、容体を気づかう前に、年甲斐《としがい》もないことはしないでください、と口を揃えた。お前たちのような煙草を吸う高校生に注意もできない大人が増えたせいで、このとおり日本はダメになった、と返した。長男はため息を零し、次男は鼻で笑った。三男は、煙草くらいいいじゃないですか、と小さく呟いた。情けなさの方が、悔しさを上回っていた。

3

「俺だ、栗城だよ。元気か？」

戦友の声を耳奥に思い出しながら、白河周作は晩秋の井の頭公園を静かに歩いた。池の畔《ほとり》に佇《たたず》み、淀んだ水面を見つめた。吉祥寺駅方向から届く現実の喧騒《けんそう》をよそに、水鳥が池の中ほどで浮かんでいる。まだ十分に飛行できる気力も体力も精神力も残っている。歳をとったからといって人生の片隅に押しやられて、用済みの扱いを受けるのが我慢できない。年寄りは黙っていろとでもいうのか。

周作は水鳥を睨み付け、羽ばたけ、と心の中で念じた。まだお前は十分に羽ばたくことができるじゃないか。拳に力が籠《こ》もる。憤りの先端を宥《なだ》めるようにもう一方の手で包み込んでは、肩の力を抜いた。光が雲の切れ間から降り注ぎ、水面に反射した。眩しさに目を細めた次の瞬間、水鳥は翼を大きく広げて、あたかも周作をあざ笑うかのように羽ばたいた。水しぶきが周辺に飛び散ったが、水鳥は飛び立つことはなかった。

「今月の二十七日に早瀬が熊本から出てくるそうだ。なんか俺たちに話したいことがあるらしい。久しぶりに三人で盛り上がろう」

一昨年、東京に住む戦友たちと韓国の済州島に旅行した。栗城尚吾《しょうご》とはその時一緒だったが、九州に住む早瀬光男とはもう十年ほど会っていなかった。栗城が笑った。済州島に誘ってもらえなかった、と早瀬の奴、怒っていたよ。

二十代のはじめ、死の覚悟はできていた。真珠湾攻撃に参加したあの日以来、今度こそ生きて故国に戻れないだろうという幾多の作戦――ラバウル方面作戦、インド洋方面作戦、ミッドウェー作戦などに参加した。ミッドウェー海戦では、グラマン戦闘機と四時間に及ぶ空中戦を戦い、右翼に被弾し、死線を彷徨《さまよ》った。奇跡的に一命を取り留めたが、その時から、死とどこかで和解しているつもりでいた。

「十一月二十七日の午後三時。新橋のガード下、なんていったっけ、昼間からやってる焼鳥屋があったろ。あそこで落ち合おう。前に二人でさんざ暴れた店だ。店員たちに、言葉づかいがなってないって、お前が怒鳴り散らして追い出された店さ。いや、多分、大丈夫。あれからもう五年は経《た》っているから向こうも覚えちゃいないし、あの若僧ども、どうせ長続きしないアルバイトだ。入れ代わってるさ。早瀬には俺から地図を送っておく」

戦後は、片言の英語が話せたことで、しばらくの間、連合国軍総司令部（GHQ）歴史課の嘱託として働いた時期もあった。仕事のない時代だから、三人の子供たちを養うために背に腹は替えられず、心を隠して米国人の下で働いた。

しかし、大空への憧れは捨てきれず、一年も働かないうちに小型セスナ機を所有する新聞社のパイロットに戻る。十年ほど勤めた後、近距離航空路を持つ航空会社に移り、利島《としま》や大島に向けてサン・テグジュペリさながら郵便物などの輸送をした。昭和二十七年のダイナ台風で遭難したが、その時も奇跡的に救出された。

「早瀬の話って何かな？」

「知らん。どうせくだらん話だろ。ま、会えば分かるが、いつものパターンで、真珠湾攻撃の自慢話からはじまって、最後はシベリア抑留時代の悲しい物語だ。お前が操縦士で、俺が偵察士、あいつが通信士。あの時代の悲しい青春の物語だ。俺たちには、昔話しか話題がないんだからな」

高度二千メートルの碧空《あおぞら》の彼方から、最新型の九七式三号艦上攻撃機は猛スピードで桜島の噴煙を掠《かす》めて降下した。桜島の山肌を這《は》うように進み、鹿児島湾を突っ切る。重力と精神力との戦いだった。甲突川《こうつき》の峡谷を五十メートルという超低空でうねりながら進み、そのま ま鹿児島市内へ出た。さらに高度をここで下げるように中隊長から指示を受けていた。高度四十メートル。一歩間違えば、バランスを失って街に突っ込み、大災害を引き起こしかねない低さである。鹿児島市民の怯《おび》える顔までがはっきりと認識できた。

山形屋デパートの先端を僅か左手に見て、そのまま海岸に突進した途端、ここでさらに高度を二十メートルにまで落とさなければならなかった。海面すれすれの低さ。経験と精神力が充実していなければ、とても技術だけでは飛行することはできない。まるで忍者さながらの飛行訓練である。海面に出たらまもなく戦艦、空母に見立てた浮標が見える。呼吸を整える間もなく、ここで魚雷を発射しなければならなかった。

あの時、まだ二十五歳の周作たちは、これから命ぜられる任務がどれほど過酷で命懸けのものかを、毎日の訓練の中でいやというほど思い知らされていた。日本人もアメリカ国民も、まだ平和に微《かす》かな望みを繋《つな》いでいたあの時、周作ら若きパイロットたちと、鹿児島市民だけが、緊急事態が迫っていることに気づいていた。

周作には、死を手なずけることはできない、との持論がある。死に勝利した仲間はいなかった。いかなる英雄でも死の前ではただの子供にすぎなかった。七十五歳になった周作は今はじめて、死と真剣に向き合おうとしていた。いかにして死ぬかが、彼にとっては現在もっとも重要な問題であり、人生の最後の問い掛けでもあった。

4

雑居ビルの合間から、時折、山手線の車体が軋《きし》む音と振動が伝わってきた。街路樹の影が正面のビル壁に不思議な斑《まだら》模様を拵えている。冬の澄みきった陽光と風の微妙な関係で、模様は様々な形に変化した。周作はそれをぼんやりと見ていた。

早瀬光男が現れたのは約束の時間より一時間も遅れてのこと。その時すでに周作と栗城尚吾は、つもる話にささやかな花を咲かせ、ほろ酔い状態だった。

「早瀬か」

栗城が、髭を蓄えて印象が変化してしまった古い仲間を指さして、声を張り上げた。

「久しぶりなア」

「どうした、髭など生やして。随分と野性的になったたな」

周作が言うと、早瀬は満面に笑みを浮かべながら店員を呼び止め、熱燗《あつかん》、と元気な声を張り上げた。あれ、やめてたんじゃなかったか、と栗城が問うと、調子んよかったい、このとおり、若返ったろうが、だけん、やめとったこつばやめたと、と早瀬は掌で顔を拭った。再会した三人はそれぞれの顔をしげしげと眺め、移りゆく時の流れを――白くなったり薄くなったりした頭髪や、増えた小皺や目尻の弛みなどを、顔のそこかしこに見て取った。

「そういや随分と身体《からだ》しまったな」

「栗城、鍛えとっとよ。毎日走っとっと。まだまだ老けるわけにはいかんけんね。独身になったっだけん、女子《おなご》にもてんとね」

コップ酒が揃うと、男たちは光の中を潜《くぐ》らせるようにそれらを高々と翳し、乾杯をした。早瀬は実に旨そうに、半分ほどを一気に飲み干した。

「懐かしかア」

コップを口から離すなり、早瀬は吐き出す息とほぼ同時に言った。何年ぶりかね、と声を続けた。栗城は、十年は経つだろう、前は近藤の葬式の時だった、と答えた。いや、末光の葬式だった、と周作が遮った。会う時はいつでん誰かん葬式ばいね、と早瀬が遠くを見つめて呟いた。

「済州島ツアーには何人くらい集まったと?」

十五人かな、と栗城が答えた。行きたかったア、と早瀬は笑った。でも十五人とは少なかね。

「そろそろみんな、行きたくとも行けなくなる歳だし、外国じゃあ、さすがに行けない奴も出てくるよ」

周作が返すと、早瀬は周作の目を覗《のぞ》き込んだ。

「小枝《さえ》ちゃんはどがんしとる？」

相変わらず、と口にし、周作はコップ酒を呷《あお》った。最後に会ったのはいつだったかね、あんたの料理はお世辞じゃなく旨かったア、と早瀬が汗を拭いながら言い、もう随分と御無沙《ごぶさ》汰《た》だもんな、仲良くしてるのか、と栗城が後を続けた。周作は下を向き、ああ、とぶっきらぼうに返事をしてから、床に並ぶ戦友たちの足元を眺めた。戦後、航空関係の技術者に転向した栗城の靴は紐《ひも》で足首を固定するタイプのワークブーツ。九州中部で鉄鋼会社を経営する早瀬の靴は鰐革《わにがわ》の高級品である。周作の靴はこの十年ずっと変わらぬ――小枝がいつも新宿のワシントン靴店で買ってきていたイギリス製のローファーである。最近、新しいものに買い換えたばかりで、まだ革に真新しい艶《つや》があった。

小枝ちゃんには俺ももう随分と会っていないものな、と栗城が微笑《ほほえ》みまじりに呟いた。小枝が三年前の冬の日の午後に、なんの前触れもなく自殺したことをどうしても打ち明けられずにいる。密葬にし、友人知人にもその死をなぜか隠した。年賀状に、小枝ちゃんに宜《よろ》しく、と書かれるのがいやで賀状そのものをやめてしまい、心配した友人から幾本か電話を貰《もら》った。栗城や早瀬もその中の一人であった。書くのが面倒になった。これからはもう寄越さないでくれ、と各々に言い訳をして誤魔化してきた。

長年住み慣れた荻窪の家を人に売り渡し、長男の家に移ることに決めたのも、それがきっかけであった。息子たちには病苦によるものだと説明したが、思い当たることが他にもある。

「いや、実は、死んだんだ」

戦友たちが周作を振り返る。冷たさを増した夕刻の風が三人の男たちの間を吹いていく。街路樹が揺れて、木漏れ日が壁に、移りゆく時の無情を冷酷に、もの悲しく再び描いた。男たちはコートの襟を立て、寒さを凌いだ。周作は言葉にしてしまった後悔により苦笑いをした。自殺した、とやっと言葉を吐き出した。理由を訊く者はいなかった。周作の俯《うつむ》いた顔があまりに寂しげで、早瀬も栗城も二の句を継げなかった。

――心が溶けていくのよ。毎日少しずつ心が溶けていくのが分かるの。

小枝は周作に夜な夜な震えながらそう語った。死に神が角を曲がってこっちへ来る。あなた見てきて頂戴。追い返してきて頂戴。周作は小枝を抱きしめ、そんなことはない、と毎晩宥めた。酷《ひど》い時は朝まで泣いていることもあった。彼女の不安がいったいどこから来るものなのか分からなかった。精神科に連れていこうとしたが、私は狂ってなんかいない、と逆に神経を逆撫《さかな》でする結果となった。手鏡を見つめながら、皺やシミを指の腹でもみ消そうとしては、しょっちゅうそこを赤くさせていた。

——私、ここのところ随分と老けたと思わない？

周作は、そんなことはない、と繰り返した。物忘れが酷くて、ちょっとしたことが思い出せないのよ。あれね、惚《ぼ》けがはじまったのね。想像もできないわ、惚けていく自分なんて。頭の中に沢山穴ぼこができていく。このままいくとあなたが誰かということさえも、私たちがどれほど大切な時間を共有して生きてきたのかということも、全て忘れてしまうわね。

確かに小枝の頭の中では、空洞が膨らんでいるような、ぼんやりとした記憶喪失がはじまっていた。食事をしたことを忘れて、二度夕飯を拵えたり、同じ昔話を朝から晩まで繰り返し喋《しゃべ》ったりした。自殺をする直前の冬の朝、小枝は居間の盆栽に沸騰した湯をかけていた。薬缶《やかん》から立ちのぼる蒸気の中に、微笑む小枝の顔を見つけた時には、周作は息が止まるほどの恐ろしい思いを嚙《か》みしめた。何をしている、と訊《たず》ねると、だってね、この子凍えそうなんだもの、と小枝は呟いた。信頼し、支え合い、ともに歩いてきた人生の伴侶《はんりょ》の姿はなかった。全く手の届かない違う場所へ向かいはじめた妻を寂しく眺めることしか、かつての大空の英雄にはできなかった。

老いは恥ずかしいことではない、と周作は自分に言い聞かせて日々を生きた。壊れていく妻の手を取って、祈りを捧げる毎日であった。

男たちはその夜、早瀬の提案により、銀座のサウナに転がり込んだ。なんか今夜はずっと一緒におるごつなかか、と早瀬が言いだした。飲み足りないというのではない。また次にしよう、という気持ちにはなれなかった。周作にはもう次があるようには思えなかった。小枝のことを抱えながら寒空の下、電車に揺られて吉祥寺まで一人で帰りたくもなかった。この心の空洞を埋めてくれる仲間たちといつまでもずっと一緒にいたかった。小枝の死を聞かされた栗城も早瀬も同じ気持ちであったろう。

昔に戻ってくさ、目茶苦茶ばせんね。早瀬は二十四時間営業のサウナを指さした。一度、あぎゃん場所で雑魚《ざこ》寝《ね》ばしてみたかったと。

おのおのばらばらにサウナや風呂に入った後、三人は修学旅行生のように時間を決めて食堂で待ち合わせ、夕飯を食べた。様々な職業の男たちがごろごろと仮眠をしている大広間の奥に場所を取り、やはり学生気分でウイスキーの小瓶を持ち込んだ。

「泊まるって、家族に連絡せんでよかとか」

早瀬が二人に訊いた。栗城が力なくかぶりを振った。去年、妻を亡くしてからは一人住まいだから、誰に憚《はばか》ることもない、と栗城は告げ、苦笑いを片頬《かたほお》に浮かべた。俺には子供もいないし、時折、ボランティアの女性が様子を見にやってくるだけさ。

二人が周作を見た。ああ、俺も平気だ、なんの問題もない、と周作も二人に微笑み返した。少しくらいいなくなった方が喜ばれる、と言いかけたが、口にはしなかった。

「なんか、寂しかな、お前たちは」

早瀬が声をあげて笑った。その笑い顔が次の瞬間、すっと萎《しぼ》んで消えてしまった。俺も離婚ばしてからはずっと一人もんたい、と呟いた。この頃は、会社ば継いだ息子にぺこぺこしよる毎日で、腐りよったとよ。老人なでしゃばんなて毎日言われとるごたるけんたまらんかったばい。早瀬はコップに残っていたウイスキーをぐいと呷った。

「こぎゃんして三人で雑魚寝ばしよっと、鹿児島基地で訓練ばしとった勇ましか時代んこつば思い出すばい」

男たちは思い思いの恰好《かっこう》で、昔日に思いをはせた。周作は操縦士だった。そのすぐ後ろの席に栗城が座っていた。彼は偵察士で、最後部の席に座っていたのが通信士の早瀬であった。三人とも同じ歳の、一等飛行兵曹である。

周作は操縦をし、魚雷を落とす役割を担っていた。栗城は主に針路を計る役目を担い、早瀬は通信を担当した。操縦士はベテランが多かったが、周作は少ない経験のわりに、人並み外れた集中力と技術を持っており、二十五歳の若さで真珠湾攻撃の操縦士に抜擢《ばってき》された。訓練が終わった後、若い精神を持て余した男たちは、兵舎にこっそりと酒を持ち込んで、くだらない話に花を咲かせた。大概は気に入らない上官の悪口だったが、訓練も終盤に近づくにつれ、最後の方は、忍び寄る戦争への不安へと及んだ。国んためなら命は惜しくなか。早瀬は誰よりも愛国心や忠誠心を口にした。それだけ死を恐れているのだ、と周作は思った。

「それんしてん、ようここまで保《も》ったたいなア」

早瀬は天井を見上げて呟いた。戦争もあり、復興もあり、離婚や死別もあり、こげん波瀾万丈の人生はなかち。寝ころがっていた周作は二人に背中を向けて、窓の方へと向いた。瞬く銀座のネオンが、窓を赤く染めている。パッと光っては、赤色の光が滲《にじ》んで消えた。一瞬、周作は遠くで空襲がはじまったような錯覚に陥った。

小枝と夫婦になったのは、鹿児島航空基地に配属になる四カ月前、昭和十六年五月のことである。親の知り合いの紹介であった。見合いのような、偶然を装うような、でも押しつけられたものではなく、あくまでも自然な雰囲気の中での出会いだった。小柄でおとなしい性格の小枝を周作はすぐに好きになった。それから約半世紀、二人は辛苦をともに乗り越え、歩いてきた。その人生の伴侶があっけなくこの世から消えてしまったことが周作には信じられなかった。いつまでも信じようとはしなかった。死を、日々もみ消すように生きてきた。戦友たちに白状した時、周作はやっと小枝の死を認めることができた気がした。頰を伝う涙を気づかれないようにそっと拭い、このまま終わるわけにはいかないな、と呟いた。

「ああ、このまま終わるわけにゃいかんたい」

早瀬の声が遠くで谺《こだま》した。

6

翌朝、サウナを出た三人は別れ際、牛丼屋の暖簾《のれん》を潜った。白河周作は、運ばれてきた牛丼にいつまでも手を付けない早瀬に気がついた。どうしたのか、と訊くと、昨夜《ゆうべ》飲みすぎたばい、気分が悪かぁ、と言った。顔色が悪いので、薬でも買うか、と返すと、

「なあ、このまま別るっとはいやじゃなかかな」

と早瀬光男が切り出した。視線は湯気をあげる牛丼に注がれていたが、何を考えているのか、目元だけが妙にきりりと鋭く決意さえ感じられた。昨夜《ゆうべ》はむごう楽しかったア。そぎゃん思わんね。

「ああ、楽しかった」

栗城尚吾が同意した。早瀬が顔を上げた。

「お前ら、一昨年《おととし》、済州島に行ったろ。んなら、パスポートはまだ持っとるね。期限切れじゃなかろもん」

栗城と周作も意味は分からなかったが、もちろん、と答えた。

「よか。んなら、それぞれこれから取りに帰ってくれ」

どうして、と栗城が驚き返した。早瀬は眼光をいっそう強めてから、再び口を開いた。

「これから三人で真珠湾に行くばい」

眩しい冬の光がウインドーから差し込んでいた。入れ代わり立ち代わり、サラリーマンたちがその日溜まりを踏みつけては、出入りしていく。真珠湾という響きだけが三人の心の中にしっかりと錨《いかり》を下ろし、止まった。

いいね、いいけど、あまりに突然だから、と栗城が言った。金ならある。こっそりと持ち出してきたと。それに、と言って、早瀬はポケットから鍵を取り出した。

「息子がワイキキにマンションば持っとったい。嫁に頼んでこれば借りてきた。今からパスポートば取りに帰って、成田に駆けつければ、夜の便には間に合うばい。俺が先にチケットば買っておくけん」

しかし、と栗城が遮った。

「俺は最初からそのつもりやったと。あんたたちが来んでん行くつもりたい」

早瀬の提案が場当たり的なものでないことが分かってくると、周作と栗城はお互いの顔を窺《うかが》った。なんで真珠湾なんだよ、と周作が声を潜めた。

「もうすぐ十二月八日だろうが。真珠湾攻撃から丁度五十年の節目たい。あれから半世紀が経つとよ。この半世紀がなんだったちか、爆弾ば落とした場所に立って考えてみたかとよ。考えてもなんも出てこんとは思う。ばってん、それでも、生きているうちにもう一度行って、あの場所ば見てみたかと」

三人は視線を逸《そ》らしたまま、それぞれの心の中を覗き込み、しばらくの間、黙った。

7

周作はパスポートを探し出すのに、時間を要してしまった。丁度、次男の家に越す時期と戦友会の済州島ツアーが重なったために、しまった場所を思い出せなかった。段ボール箱を引っ繰り返していると、小枝の写真と分厚い日記が出てきた。写真は珍しく笑っているもので、いつ誰が撮ったものかは思い出せなかった。どこかの路地で写したもののようだが、それがどこかも分からない。なぜ、笑っているのかも分からない。でもそばに自分がいることは間違いないのに——或いは自分が写したものだろうか。周作にはそれがどういう時に撮影されたものか心当たりがなかった。

日記を開くとそこには神経質な文字でびっしりと日々の思いが綴《つづ》られていた。小枝の死の直後は苦しく、箱の奥に押し込めたのだろう。捲《めく》ってみると、周作は、という書き出しが随所にあった。

——今日周作は、いつものように一人で怒りだして、一人で納得して、一人で酔っぱらって、一人で寝てしまった。

いつも小枝は自分ばかりを見ていた。なのに、自分は小枝を見ていただろうか、と周作は振り返る。

頑固で、一旦《いったん》こうだと決めたら貫く周作から、一歩も二歩も下がった場所で甲斐甲斐《かいがい》しく夫を支えてきた小枝。その献身的な愛情があったからこそ、不器用な周作もこの世界で生きつづけることができた。俺のせいだ、と周作は独りごちた。気づかないまま、必要以上に気を遣わせてしまっていたのではないか。それが長年積み重なって、心が壊れてしまったのではないか。密葬の晩、三男の知久が、母さんは長年の無理がたたったんだ、と死に顔を見下ろし呟いた。小枝の人生を犠牲にして今の自分があるのだとしたら——。

周作はため息を呑み込んで、日記と写真を旅行鞄の中にしまった。

「チケットは手配ばしておいた。成田の窓口で受け取る。ハワイなんかちょろいもんたい。どうして今まで行かんだったか、分からんばい」

成田へ向かうバスの中で、早瀬の声が弾《はじ》けた。パスポートをどこにしまったか思い出せなくて、一時はもう間に合わないかと思った、と栗城が声を張り上げた。俺もだ、と周作は苦笑いを返した。

「ハワイか。なんだかうきうきするな」

栗城の声にも弾力があった。青春が戻ってきたみたいじゃなかか、と早瀬が言った。青春という言葉が、新鮮な響きを持って三人を包み込む。青春か、そんなものは俺たちにはなかったな、と栗城が口許《くちもと》を引きしめて言う。何ば言うか、あれは立派な青春ばい、と早瀬がむりやり笑みを作って返した後、三人の間にぽっかりと僅かな沈黙が生まれた。

「青春はいつ終わってしまったつかい」

視線を逸らし合った男たちの狭間を埋めるように、早瀬の声が震えた。

三人を乗せたバスは高速道路を順調に移動している。レインボーブリッジを通過すると、早瀬が立ち上がって辺りを見回した。すごか。いつのまに東京はこげん巨大になったとやろ。テレビでは見慣れた景色も、こうして生で見ると迫力があるったい。

墨田川沿いに高層ビルが建ち並んでいた。巨大な船がレインボーブリッジの下を航行して上攻撃機に乗っているような錯覚が起きた。一瞬、周作は目眩《めまい》を覚えた。まるで九七式三号艦上攻撃機に乗っているような錯覚が起きた。

耳奥に激烈な爆発音が蘇《よみがえ》る。降下爆撃隊が先陣を切って、ヒッカム飛行場を爆撃したのだ。巨大な格納庫から黒煙が上がった。周作ら雷撃隊はその黒煙を回避するようにヒッカム飛行場脇を通過、海軍工廠《こうしょう》の真上を縫い、雷撃コースに入った。その時、正面に見えたあの真珠湾の景色は生涯網膜から消えることはないだろう。午前八時の眩《まばゆ》い光が真珠湾一帯を包み込んでいた。フォード島東側に居並ぶアメリカ太平洋艦隊の主力艦船群は、今、目の前にしている東京の摩天楼地帯にも似た凛《りん》とした風格があった。張り詰めた緊張感だけが周作ら飛行士の精神を支えていた。

工廠地帯を抜け海面に出ると、訓練の成果を出すべく、高度を二十メートルにまでぐんと落とした。戦艦の土手っ腹に体当たりしそうな迫力。操縦桿《そうじゅうかん》をしっかりと握りしめなければ、海に突っ込んでしまいそうな超低空である。一分一秒に精神を集中させ、魚雷を投下した。機首を上げ、艦船群の頭上を通過した。見下ろすと、居並ぶ戦艦の脇腹へ魚雷が命中していく。幾本もの水柱が噴き上がっている。陽光が目の芯を溶かしていった。蘇った記憶が再び水泡のように消えて現実の光に呑み込まれていく。あの時、周作の心裡《しんり》にはまだ、奇襲に成功した興奮とやり遂げた達成感だけしかなかった。

旅行客に混じって成田の出国審査を受ける頃になると、三人から少しずつ微笑みが消えていった。ジャンボジェット機のエコノミー席に腰掛け、シートベルトをした途端、三人は無口になった。自分たちが奇襲を行った真珠湾を見学に行くということが、ただの観光とは訳が違うことを思い知らされることになるのだろう。周作は、離陸する機内の窓越しに、送り火にも似た誘導灯の列を見ながら、一人密《ひそ》かにそう思った。

8

機内食を食べ終えると、周作は鞄から飲み薬を取り出した。一昨年くらいから血圧が高くなりはじめ、通院していた。なんの薬だ、と栗城に訊かれ、女難よけの薬だ、と答えた。栗城も多量の薬を飲んでいた。どれがなんの薬か分からない、と栗城は笑った。歳の数だけ飲めばいい、と医者に言われている、と肩を竦《すく》めてみせてから付け足した。

「年寄りくさかね、お前らは」

早瀬は持ち込んだ日本酒を飲みながら笑った。医者にはかかってないのか、と周作が訊くと、このとおり健康たい、と告げた。長生きばするために薬ば飲む。日本は世界一の長寿国てばい。ばってん、いくら長寿でも、老人が尊敬されん社会じゃ、つまらんたい。誇りが傷つけられちから、年寄り扱いされて隅っこに追いやられてから。なんが楽しかか。自分の息子たちに尊敬されん、こんな国に誰がしたつか。俺は、薬なんか飲んで長生きなんかしとうなかね。どうせ俺たちは、あの時死んでたとだろ。誇りを持って余生ば送りたか。

栗城が早瀬の日本酒を取り上げた。なんばすっとか、と早瀬が声を荒らげる。栗城はそれをラッパ飲みした。周作も無言で栗城から酒を奪うと、呷った。早瀬の厳しい表情が一変、柔らかく緩んだ。

酒に酔い、眠りに落ちた。夢の中に、元気だった頃の小枝が現れる。記憶の中ではまだ彼女は生きていた。

目を覚ますと、睫毛《まつげ》が微かに涙で湿っている。スチュワーデスが寝ている間に閉めたのだろう、窓には遮蔽戸《しゃへいど》が下ろされていて、その僅かな隙間《すきま》から光が溢《あふ》れ出ていた。

周作は小枝の日記を鞄から取り出した。老眼鏡をかけ、ページを捲った。最初の日付は昭和四十八年六月となっている。十年日記と題されていたが、正確には十五年ほどの日記になっていた。毎日というより、思い立った日に書かれている。一気に半年ほど日付が飛ぶこともあれば、一週間連続で書かれている時もあった。最後は三年前、小枝が自殺をする二カ月ほど前の日付で、ぷつりと途絶えていた。

そこかしこに小枝の生前の思いが溢れていた。ぱらぱらと捲り、昭和五十七年の今日の日付のところで止めた。今から九年前である。

昭和五十七年十一月二十八日

周作は、今日した約束をいつまで覚えていてくれるかしら。何気ないささやかな約束だったけれど、ああ、そうしよう、とあの人が呟いてくれた時、私は本当に嬉しかった。どこまで真剣に私の願いを聞いてくれていたのか分からない。だってあまりに突拍子もない願いだから。適当にあしらわれたとしても、仕方がないかな。端《はな》から相手にされなかったとしても、いつものことだから。

でもあの人の前で私は悲しい顔はしないの。悲しい顔をしても気がついてくれなかったら、もっと悲しくなるから。周作は周作の世界に生きていて、私は周作の世界を生きている。なんてお馬鹿さん。大きな矛盾があるけれど、仕方がないわね、私は周作が好きなんだから。あの人の頑固なところも、堅物なところも、人との付き合いが下手なところも、一本気なところも、くそまじめなところも。あら、くそまじめだなんて、なんて下品な言葉でしょう。でも構わない。それは私の気持ちから滲み出ている本当の言葉たちなんだから。決して外で見せることのない私の心のひだなんだから。

でも私は今日を忘れない。昭和五十七年十一月二十八日にしたささやかな約束を忘れない。

周作、ねえ、周作、この日に私たちは大切な約束をしたでしょう？　あなたはもう忘れちゃった？　隣の部屋でぐうぐう鼾《いびき》をかいて寝ているあなた。もうすっかり忘れてしまっているに違いないわね。私は絶対に忘れないことにする。つまらない小さな約束でも、ああ、そうしよう、とあなたが誓ってくれたあの瞬間は、とっても幸せだった。私が先に死ぬようなことがあった時、あなたが不意に思い出してくれることを夢見ているわね。

あなたの寝顔を見ていると、微笑みを誘われる。やっぱり私はこの人が好きなんだ。この人とともに生きてきたこの数十年を大事にしていれば、私はそれでいい。これが幸せというものじゃないかしら。先月、六十歳になってしまった。まだよぼよぼじゃないのに、老人扱いされてしまう不思議な年齢にいる。


着陸が迫っている、とアナウンスが伝えた。周作は身を乗り出し、眼下を見下ろす。雲の切れ間に陸地らしきものが見えた。昭和五十七年十一月二十八日に俺はあいつにいったい何の約束をしたのだろう。十月二十八日は小枝の誕生日。その六十歳の誕生日のひと月後。

日記を閉じて、膝《ひざ》の上に置いた。意識がさえざえとしていくうちに、眼下の陸地がオアフ島であることが分かってきた。雲の切れ間に見える白く泡立つのは海岸線だ。はっきりとした記憶があった。五十年ぶりのオアフ島が見える。

おい、と声をかけて、横で熟睡している二人を起こした。早瀬が咳《せ》き込んだ。絡みつくようなしつこいものだった。栗城が早瀬の背中を摩《さす》った。昔からこの気圧の変化には随分と辛《つら》い思いばさせられたと。戦争中はいつも上空でくしゃみばしよったろうが。加えて歳んせいか、気管がおかしか、と早瀬は栗城の気遣いを拒んだ。

早瀬が咳《せき》を我慢しながら身を乗り出し、真珠湾たい、と声を張り上げた。ほんとだ、あん時に見た真珠湾のままだ、と続いて栗城が叫んだ。小さな窓を奪い合うように、三人は頬を寄せ合った。生々しい当時の記憶が周作の網膜に滲み出す。

——当時の記憶。上空から見る真珠湾は無残な黒煙と炎の海と化していた。フォード島の西側ではその時、すでに標的艦ユタが炎に包まれ転覆していた。東側のもっとも沢山の艦船が停泊している一帯では荒々しい爆発が繰り返されていた。ウエストバージニア型とオクラホマ型の戦艦は雷撃によって片舷《かたげん》がむしりとられるようにして破壊され、傾いていた。溢れ出る重油が青々としていた海を真っ黒に塗り替えており、炎がそこら中を走り回っていた。右端に停泊していた最大級の戦艦アリゾナは水平爆撃隊の爆弾が火薬庫に落下し、爆発を誘ったのだろう、千メートルにものぼるどす黒い煙を噴き上げていた。激しい爆発音が繰り返し発せられていた。迎え撃つ対空砲火の間隙《かんげき》を縫って、これでもかこれでもかと襲いかかる日本の戦闘機だけが大空を埋めつくしていた。

「なぜだろう。懐かしい」

周作は独りため息とも呟きともとれぬ、吐息まじりの一言を吐き出す。栗城も早瀬も目頭を熱くさせながら、ああ、と頷《うなず》いた。五十年の歳月を嚙みしめながら、三人は、穏やかに浮かぶ南の島を静かに見下ろしていた。

9

三人は手荷物しか持っていなかったので、どの旅行客よりも早く外に出ることができた。税関検査を受け、正面出口と書かれた扉へ向かって周作が歩きはじめると、背後から早瀬が、そっちじゃなか、と左手の奥を指した。

「団体出口の方に、ガイドが迎えに来とったい」

「ガイドを頼んだのか？」

「ああ、お前は英語が話するばってん、旧制中学時代の英語だけん、あまりあてにはできんもんね。旅行会社に頼んで、世話ばしてくれる日本語の堪能《たんのう》なアメリカ人ば探してもらったと」

「ハワイなんか、熱海みたいなもんだ。ガイドなんか必要ない」

周作は笑ってそう告げたが、内心ほっとしていた。空からなら真珠湾へは迷うことなく飛んでいけるが、空港からはどうやって行けばいいのか、見当もつかなかった。あまりに性急な旅だったので、ガイドブックさえ買う暇はなかった。

早瀬が円をドルに両替しながら、今回は俺がむりやりお前たちを誘ったっだけん、軍資金は俺が持つけん、心配せんでよか、これでも一応、早瀬工業の会長だけんね、と叫んだ。

「二、三週間、らくらく過ごせるだけの軍資金がある」

すまん、助かる、と素直に言ったのは栗城だった。周作は、微笑みながら頭を掻き、ついてこんかア、と胸を張って先を歩く早瀬に従った。

むっとする熱気が三人を包み込んだ。暑かア、と早瀬は言いながら、ガイドを探した。出口を出てすぐのところにアロハを着た男女がずらりと並んでいた。手にはそれぞれ、客の名を書いたボードを持っている。ハヤセという名前は見当たらなかった。

おらんね、と早瀬が一人一人を確認した後、ため息まじりに告げた。疲れたな、と呟いた栗城は、鞄に尻を落としてしゃがみこんでしまう。団体旅行客が次々にゲートを出てきて、それぞれのガイドに連れられてバスへと移動しはじめても、三人を迎えに来るはずのガイドは現れなかった。向こうの出口で待っているということはないのか、と周作が早瀬の背中に言葉を投げた。うんにゃ、何度もここて確認したとよ。早瀬は首を亀のように伸ばしては、きょろきょろぐるりを探している。

しばらくして、子供の手を引く若い女性がやってきて、早瀬の前に立った。周作は目を疑った。若き日の小枝を思わせた。栗城も気がつき、素早く周作の耳元で、小枝ちゃんにちょっと似とらんか、と囁いた。

「早瀬さんですか？　よかった。あの、私、ケイト。ガイドのケイト今村といいます。はじめまして。この子を預ける人が見つからなくて、遅れてしまいましたね。ごめんなさい」

片言だったが、とても聞き取りやすい発音である。瞳も髪の毛も黒く、しっとりとした美しさは紛れもなく東洋人のもの。日系人なのだということはすぐに分かった。栗城と早瀬はお互いの顔を覗き合い、予期せぬ闖入者《ちんにゅうしゃ》に目尻を弛ませた。周作は、出会った頃の小枝を思い出していた。ケイトと名乗った女性が周作に微笑みかけたが、周作は表情を強張《こわば》らせたままだった。

10

周作は、ワゴン車を運転するケイトの横顔を後部座席からこっそり見つめていた。

小枝といったいなんの約束をしたというのだろう。周作は、ケイトを通して過去を思い返そうとしていた。小枝が六十歳の時にした約束をどうしても思い出すことができない。

ケイトの息子のジョンは助手席に座る早瀬の膝の上でおとなしくしている。ジョンは明らかに褐色の皮膚を持っていた。ケイトの夫はアメリカ人なのだろう。

私は三世です、とケイトは一同を素早く振り返って言った。

「一世がおじいちゃんの世代。二世がパパの世代。ママは日本人で、戦後、日本からパパのところに嫁いだので、私は正確には、ええと、二世半。じゃあ、この子は四世ではなくて、三世半かもしれません」

「二世半って、なあんかそれ、値切っとるみたいじゃなかか」

ケイトは笑った。アメリカ人やロコと結婚した人も日系人ね、と付け足した。もうどんどん混ざり合って、日系社会も複雑になってきてるから、私たちでも分からなくなってきています。私はママが日本人だから日本語ちょっと話せる、でも普通の三世や四世はもうほとんどが話せない。

早瀬のシートベルトを外そうとした息子にケイトはネイティブな英語で忠告をした。すると急にケイトの顔がアメリカ人のそれに変化した。英語と日本語の発音の違いのせいか。顔中の筋肉が鋭く機敏に反応した。反論する子供と母親のやりとりからは、日本人女性の面影はもうない。

「日系人ではあるけど、私たちはみんなアメリカ人。戦争の時もみんなアメリカ人として戦った」

「でも顔は日本人だけん。アメリカ人な信用してくれんだったたっじゃなかとね」

「真珠湾攻撃の直後は大変辛かった、と聞きましたね。でも、くよくよしていてはここでは生きていけないから、パパたちの世代は全員志願してアメリカ兵になったの。日系人だけの部隊があったこと、知ってますか？　パパはそこにいました」

「そんな部隊があったんだ」

栗城が後部座席から口を挟んだ。

「ヨーロッパ戦線でドイツ人と戦った。あ、ジョン！」

ジョンがシートベルトを外してしまったので、ケイトは早口の英語で再びジョンを叱った。五分ほど、親子の会話が続いた。どうしてシートベルトをしなければいけないのかをきちんと説明している。英語を理解できる周作は、ケイトの横顔に躾に厳しい一人のしっかりとした母親の姿を見て、思わず相好《そうごう》を崩した。

「真珠湾攻撃は日系人には寝耳に水だったわけたいね」

「ネズミニミミズ？　なんですかア、それ」

ケイトが笑いだした。周作も栗城も笑った。

「違う。寝耳に水。突然やってきた、予期せぬ出来事に驚くことのたとえたい」

ケイトは頷き、ぽつりと呟いた。日本に捨てられ、アメリカ人に白い目で見られて、きっと苦しかったと思う。

早瀬が後ろを振り返る。栗城が肩を竦めた。自分たちが真珠湾を攻撃したとは、言いづらくなってきたな、と三人は密かに目で会話をした。

アリゾナ記念館の駐車場に車が着いた。ここが真珠湾の入り口です、とケイトが建物を指さした。三人は周囲を見回すが、そこからは海もほとんど見えず、近代的なビルが正面にあるだけで、ぴんとこない。ケイトはジョンの手を引いて、三人を中へと案内した。少し緊張しながら周作らは後に従った。館内はメインランドからの観光客で溢れている。その中に混じって、日本からの団体もかなりの数、見受けられた。白人と日本人が戦艦アリゾナの模型の前で仲良く並んで見学している。ガイドの日本人男性が日本の団体客に、当時の様子を解説していた。

「この方角から戦闘機がやってまいりまして、この角度で爆弾を落としました。爆弾の重さは八百キロと言われています。それが甲板を貫いて、この辺り、火薬庫があった場所ですが、そこで爆発したからひとたまりもありません。高さ、千メートルの火柱が上がったと当時の記録にはあります。ハワイの住民たちの中にはダイヤモンドヘッドが爆発したのか、と勘違いした者もいたと言われています」

早瀬と栗城が周作を振り返った。ガイドの男が説明する戦闘の描写には切実な何かが欠けていた。日本人観光客はみな涼しい顔で微笑みながら聞いている。ふーん、へええ、と唸《うな》る声が、三人にさらに違和感を覚えさせた。中には笑っている者までいる。五十年という歳月が痛みさえも侵食してしまったに違いなかった。欠けていた何かを周作たちも見つけられないでいた。

「ケイト。アリゾナ記念館ということは、ここがアリゾナの上になるのかい？」

栗城が質問すると、ケイトがかぶりを振った。早瀬が汗を拭いながら付け足した。

「フォード島のそばにアリゾナは沈んでます。そこに行きますか？　そこからなら、真珠湾を一望できるね」

「じゃあ、アリゾナはどこ？」

フォード島か、一同は頷いた。周作の頭の中には旗艦赤城《あかぎ》の作戦室で見せられたオアフ島の模型が過《よぎ》った。真珠湾の中心にフォード島が浮かんでいた。

奇襲作戦の総指揮官である淵田美津雄中佐が、一人一人の搭乗員に作戦の細かい流れを指示した。淵田中佐は真珠湾奇襲作戦の総指揮官であった。彼は戦後、キリスト教に回心をして、アメリカ大陸で布教活動についた。周作ら若手の搭乗員には怖い存在でもあったが、どんな戦時下でも、部下たちに命の大切さを忘れさせない人徳者でもあった。

周作は、オヤジと呼ばれ親しまれていた淵田中佐を尊敬していた。戦後、彼の元を一度だけ訪ねたのも、信仰の道に入った指揮官の心の変化を見届けたい一心であった。

栗城がジョンを抱っこして、アリゾナの模型を見せていた。早瀬が対空砲を撃つ真似をしてみせる。撃った弾はジョンの脇腹へと命中。ジョンが子供らしく笑った。笑い声がアリゾナ記念館に谺した。

「アリゾナの下にはまだ数百体の遺体が今も眠っているんです。アリゾナはそのまま巨大な墓場になっているの。アメリカ人にとってはとても神聖な場所なんです」

ケイトが模型を見つめたまま言った。早瀬が神妙な顔で振り返った。背後から、ケイト、という声がかかった。乾いた声音だった。周作がその声の方を見ると、一人の老齢のアメリカ人が立っていた。周作らと同じくらいの年齢に見える。

ケイトが男とありふれた挨拶——日頃から親しいことがよく分かる気軽な挨拶を交わした。顔中に笑みを浮かべていたが、隙のない眼差しを持った男でもあった。ケイトはアメリカ人を三人に紹介した。周作と目が合うと、アメリカ人は柔らかい視線を返してきた。周作は、堪能な英語で自己紹介をした。

「リチャードさんは、アリゾナの隣に停泊していた戦艦ウエストバージニアに乗っていたんです。彼は今、ボランティアで週に四日、ここで、当時の戦争のことを観光客に語る仕事をしています」

ウエストバージニアは周作が魚雷を放った戦艦であった。魚雷が命中して空高く噴き上げた水柱が目に鮮やかに蘇った。上空から見た燃え盛るウエストバージニアの甲板は、黒煙で覆われ、まるで災害地のようだった。兵士たちが黒煙の切れ間、傾いた甲板の僅かな隙間を走り回り、消火、並びに救援活動をしていた。

何か、当時のことを知りたければ、私が質問をしますが、とケイトは言った。早瀬と栗城が素早く周作を見る。周作はまっすぐにリチャードを見つめた。男は柔和に微笑んでいる。

「魚雷が命中した時、あなたはどこにいましたか？」

周作は英語で質問をした。なんと言ったと？　と早瀬がケイトに耳打ちした。ケイトは急いで通訳をした。栗城も耳を傾けた。

「私は、その時、右舷デッキにいました。二本目の魚雷が命中し、私はその衝撃で吹っ飛んだ。鉄の破片が右足に刺さり、結局膝から下を切断しました。今はこのとおり、義足です」

リチャードはそう言うと、自分の足を叩いてみせ、微笑んだ。自分が投下した魚雷かもしれない、と周作は心の中で声にした。男の失われた足を見下ろした。男が履いている靴は、自分が履いているのと同じ、ローファーであった。それは綺麗に手入れされ、大事に履かれていた。

魚雷が命中した時、周作は、思わず歓声をあげた。操縦桿を引いて、機首を空へと逃がしながら、身体中を激しい興奮が走り抜けていた。そのまま天まで突き抜けていくほどの喜びの中にいた。厳しい訓練と激しい緊張から解放された瞬間でもあった。

後部座席の栗城と早瀬から、伝声管を通して、万歳が届けられた。

「やったな。やったぞ。命中した！」

その時、同じ瞬間、この白人の男は血を流し、甲板の上で生死の境を彷徨っていたのだ。

でも日常生活には不自由していないよ、とリチャードは呟き、再び微笑んでみせた。柔和な笑顔は、日本人観光客へのささやかな配慮でもあり、またその端々には、長い時間をかけて戦争を消化した後の、憎悪との和解が滲み出ていた。その笑顔に幾分救われ、周作は質問を続けた。

「あなたは今、あの戦争をどう思っていらっしゃいますか？」

リチャードは真剣な顔つきに戻り、小さな声で語った。

「あんな馬鹿な戦争はない。二度としてはならない。今の平和はその教訓から出ている」

リチャードはそこまで話すと、再び笑顔に戻った。リチャードの視線が周作から離れ、背後に移動した。アロハを着て首にレイをかけた一人の年老いた女性が現れ、微笑むリチャードの腕に手を回した。愛情の表現というのではない、むしろ足腰の弱ったパートナーを支えるというような労《いたわ》りに見えた。ケイトが挨拶をし、それから周作らに紹介をした。リチャードの奥さんの浩子さんです。

「私は、三年前、浩子とここで出会って結婚をしました。浩子はね、日本からの観光客の団体の中にいた。旦那さんを早くに亡くして一人だったんだ。私も妻を亡くしてずっと一人だった」

リチャードは笑顔でそう語ると、驚く周作をよそに、腕に巻かれた浩子の手を優しく撫でるように丁寧に握った。

「戦争を語り継ぐ私の仕事に彼女が興味を持ってくれてね、はじめてのデートはアリゾナ記念館だった」

ケイトが早瀬と栗城に通訳をする。早瀬は、はあ、と唸り声を発し、栗城は神妙な顔で小さく頷いた。

「私もガイドを手伝うことがあるの。あの戦争を忘れないことは日本とアメリカにとってすごく大切なことでしょ」

周作はじっと二人を見た。そこには自分と小枝の姿が重なった。もし、今ここに小枝がいたなら、私はその手をしっかりと握りしめてやりたい、と周作は思った。

「あなたたちは、戦争には行きましたか」

今度はリチャードが周作に質問を戻してきた。周作はじっとリチャードを見つめ返したが、その目が動かなかったので、相手も僅かに身構えた。

「実は、あなたの足を奪ったのは私かもしれないのです」

通訳をするケイトの口が止まった。なんと言った？　と栗城がケイトを見た。白状したったい、分からんとか、と早瀬が呟いた。

「我々は、連合艦隊第一航空戦隊に所属していました。五十年前の十二月八日、真珠湾奇襲作戦に参加した。私は雷撃隊にいた。ウエストバージニアに魚雷を放ちました」

リチャードはふっと微笑み、そうでしたか、と呟いた。周作は小さく頭を下げた。

「でもどうしてここに来られたのですか？」

リチャードが顔を上げた周作の目をじっと見た。

「あの戦争がいったいなんだったのか、どうしても、死ぬ前に見極めたくて」

周作が呟くと、リチャードは手を差し出した。周作は差し出されたその手を、しばらくの間、どうしていいものか分からず、戸惑いを持って見つめた。数秒が流れたが、リチャードは手を下ろさず待ちつづけた。周作は心が落ちつくのを待ってから、差し出された手を握った。長い年月をかけてあの戦争の意味を問うてきた周作にとって、それははじめてのささやかな和解でもあった。

11

ボートに揺られて白河周作らは真珠湾内の島へと渡った。リチャードの妻浩子は、別れ際、明日我が家に遊びにいらしてください、と念を押した。リチャードも、是非、と微笑んだ。

「たいしたものは作れないけれど、日本の家庭料理なら得意ですから」

違った立場であの戦争を生き抜いたこの元アメリカ兵と、じっくりと話がしてみたい、と周作は思った。

ボートの上から真珠湾を眺め、三人は、昭和十六年十二月八日のあの眩しい快晴の朝を思い出していた。ボートが戦艦アリゾナ記念廟《びょう》に到着した後も、三人は言葉数が少なかった。一人はしゃぐジョンをあやしながらガイドするケイトも、三人の胸中を察して言葉を減らした。一同は、緊張を隠しながら、真っ白に塗装された記念廟に立った。青空が眩しかった。吹き抜けていく風に当時の激戦の記憶はない。今はもう昔が想像もできないほどに、穏やかな空気に満ちていた。けれども、長閑《のどか》さの中にも、ぴんと張り詰めた神聖な緊張があった。

犠牲者のことを考えると、自ずと背筋が伸び、神妙な気持ちが増した。瞼を閉じると、光が眼球を軽く圧《お》してきた。周作は手を合わせ、海面下に眠る英霊たちに祈りを捧げた。瞼を閉じると、光が眼球を軽く圧《お》してきた。目眩に襲われ、足元がふらついてしまった。

周作は合わせている手の間から、墓よ、という声が聞こえたような気がした。目を開けると、光が一斉に周作の眼球を射た。眩しさに目を細め、光が照り返す海面を見た。墓よ、と再び声がした。はか、とケイトがジョンに日本語を教えていた。ここはお墓。大きなお墓の上なのよ、英語と日本語で交互に話して聞かせていた。

墓だ、と周作は思った。小枝とした約束が、ぼんやりとだが周作の脳裏に蘇ってくる。瞼を細め、昔日の記憶を辿《たど》った。海面を眩く照らす光の先に、昔日の小枝が立っていた。ねえ、周作。もしも私が早くに死んだら、あなたは再婚をするでしょ？　本当？　しない？　それを信じてもいいんですか？　だったら約束をして頂戴。もしもね、どちらかが先に死んだとしたら、お墓は作らないで、残った方が手元にお骨を置いておくの。どうせ、お墓なんか、みんなそんなにしょっちゅうはお参りに来なくなるでしょ。私だったら、家の仏壇か床の間にでも飾ってもらった方が寂しくなくていいわ。そしてね、遺言をするの。残りの方が死んだら、二人の骨を混ぜ合わせて一個のボールを作る。そのボールを誰かが、多分、息子たちが海に投げる。どこか南の島がいいわね。明るい海の上に浮かぶ、骨のボール。ね、約束して頂戴。それだけが私の切なる願いなの。どうか、二人の骨を一つにしてボールを作って。

小枝は荼毘《だび》に付され、玉川の霊園に納骨された。ささやかな突発的な約束だったから無理はない、と周作は自分を慰めたが、天国にいる小枝はどう思っているだろう、と考えた。今頃、あいつは寂しがっているに違いない。周作は、ズボンのポケットに押し込んでいた小枝のあの写真を取り出した。

「約束は守る。戻ったら、すぐに墓を掘り起こしてお前を連れ戻すからな」

写真の中で笑っている小枝を見つめながら、周作はこっそり心の中で祈った。

12

小枝の横顔はいつも虚《うつ》ろであった。

ワイキキに戻る道すがら、光色に染まったオアフ島の山側を見つめながら、周作はぼんやりと晩年の小枝を思い出していた。普段は穏やかな母親の目をしていたが、ふとした時にかいま見せる横顔に精気はなかった。

行きつけの飲み屋の女将《おかみ》にラブレターを貰ったことがあった。内容を確認しないで背広のポケットに入れたままにしていたのを小枝に読まれてしまった。客がいなくなったので女将が店を閉め、二人きりで明け方まで杯を傾け合った様子——心模様とでもいうべき淡い女将の気持ち、が子細に書かれてあった。朝帰りが続いた後だったので、小枝はてっきり周作が浮気をしたものと思い込んでしまった。ある時、女将の店で飲んでいると、小枝が顔を出した。客は周作だけしかおらず、女将は周作の隣に座ってお酌をしていた。女将は周作が好きだったが、周作は小枝を裏切ることはできなかった。ただ女将と話していると楽しかったし、戦争の疵《きず》を癒すには、夫を戦争で亡くした女将と飲むのは気が楽であった。その時期、周作は、三人の育ち盛りの息子たちの世話だけでてんてこ舞いの小枝にはとても打ち明けられない、仕事上の——パイロットに戻るべきかどうかについての——悩みなどを幾つか抱えており、差し障りのない立場でもある女将と会っていると心が和んだ。

「毎晩、ここで浮気をしていたのね」

小枝の口調は淡々としたものであった。あなたお風呂はどうなさる、と訊かれたのか、と思ったほどの普通の声音であった。周作が何か言いかけようとした次の瞬間には、すでに店の外へと出ていた。女将が心配して後を追いかけたが、見失ったという。周作は心配になり家に戻った。家中探すと、灯の消えた風呂場にうずくまって泣いているのを見つけた。脇に手を添え、抱きかかえようとしたが、立ち上がらなかった。小柄な小枝がこれほどに重いと気づいたのは、生涯でただ二度だけであった。もう一度は、やはり風呂場で発見した彼女の死体を抱きかかえた時のことである。

小枝は感情を表に出すのが下手だった。だから苦しみも悲しみも、自分が認めることのできない気持ちはすべて心の中に埋めて隠しつづけてきた。あそこで感情を吐露できていれば、或いは心が壊れることも、自死を選ぶこともなかったに違いない。

小枝は周作の前では普通に振る舞いつづけた。疑いはいつどうして晴れたのだろう、と周作は疑問を持ったが、深く追及することはしなかった。ところがその頃から、小枝の横顔は曇っていく。子供たちの前では立派な母親を演じながらも、二人きりの時にはどこかよそよそしい空気を周作は感じた。虚ろな目は次第に表情をも暗くした。周作が飲みに出る時は、玄関先でじっと見つめた。何か言いたげな暗い顔であった。心の中を嫉妬の炎が埋めつくしていたに違いない。それでも一旦外に出れば、友人たちと朝まで飲んで騒いでしまう。

盆栽にお湯をかけていた冬の日の小枝の顔を忘れられない。美しいのに、その完璧な顔のあちこちに皹《ひび》が走っていた。ガラスが粉々に割れて、そこに光が照り返しているような、痛々しい輝きがあった。不慮の死が訪れることになる、その前の晩も、周作は戦友会のメンバーと遅くまで飲み明かしていたのだった。

13

はじめてのホノルルは周作らにとって、想像以上に賑《にぎ》やかな都会であった。南国の楽園というイメージからはほど遠く、路地を入るとむんとした下水の臭《にお》いが満ち、通りにはブランドショップが軒を連ね、買い物袋を下げた日本人がそこかしこに氾濫《はんらん》して、まるで原宿のような猥雑《わいざつ》な雰囲気であった。

ケイトの運転する車はカラカウア通りに面した高層マンションの前で停まった。

「ここかな」

早瀬は不安げな顔でマンションを見上げた。息子のマンションなのに、来たことはないのか、と周作に問われ、早瀬は、嫌われとるけんな、と苦笑いを戻した。ケイトが玄関で名前を確認して走ってきた。

「ありました。早瀬工業と書かれていました」

気をよくした早瀬の案内で、一同は最上階の部屋までエレベーターで昇った。エレベーターを降りると、眩い光が出迎えた。風が頬をさらい、シャツがはだける。廊下は庇《ひさし》のように建物から生えており、幅広だが、手すりは安全性より機能性を重視した無駄のないシンプルな作りで、風の通りのいい、南国ならではのものだった。オアフ島の絶景が眼前に広がった。

早瀬の息子はこんなところにマンションを持っているんだ。お前は幸せだな、と栗城が言った。廊下の突き当たりまで進むと、早瀬は、歯を光らせて笑いながら、鍵を取り出した。

ケイトが、車に残してきたジョンが心配なので先に下りていますね、とお辞儀をして行きかけたその時、ドアを開けようと中腰になっていた早瀬が、くそ、と怒鳴った。

「これじゃなか」

ケイトが眉間に皺を作って振り返る。どうした、と周作が訊ねた。間違えた、と早瀬が言葉を吐き出した。

「すまんなあ。実は勝手に鍵ば持ち出したと。こっちへ来る前ん晩、嫁にこっそりと、どれがハワイの鍵かち訊いたとばってん」

早瀬は廊下の手すりに手をついて、ダイヤモンドヘッドを苦々しく見つめた。嫁はどうせ、いい加減に指さしたとだろね、と弱々しく呟いた。眉間に皺が寄り、険しい表情になっている。その時の、早瀬と嫁とのやりとりを想像して、周作は早瀬の顔を見ることができなかった。

「堂々と鍵を預かってくれればよかったのに」

と栗城が呟き、早瀬は、

「だけん言うたろうが。俺は家族に嫌われとっと。別荘なんかに呼ばれることはなかとよ」

「でも、親子だろ。お前の息子だろ。嫁だろ。なんだよ、その女。お前が頑張って会社を興したんだろ。で、なんでお前が今までここに来たことがなかったんだ? おかしいじゃないか。お前は親なんだから」

「でも、ここはあいつらのもんだけん。いくら親でも勝手にゃ使えんとたい」

「それが俺には理解できん。俺には子供がいなくてよかったって思っちゃうよ。そんな子供ならいらないって」

というわけなんだけど、と周作は揉める二人に背中を向けて、ケイトに肩を竦めてみせた。自分にも思い当たる節があった。これ以上早瀬を孤立させるのは酷というものだ。

「どこか泊まれる場所を探してもらえるかな」

ケイトが宿探しに奔走している間、周作らはマンションの前の芝生にしゃがみこんで、交代でジョンのお守りをしながら日光浴をした。早瀬はふて寝をしていた。懐いているジョンが早瀬の髭を摩って慰めた。栗城が、この人は、クライ、泣いているの、分かる? クライ、クライ、クライ。泣き真似をすると、ジョンは心配そうな顔をして、早瀬の背中に手を当てた。

「情けんなか。あんまり情けんなかけん、このまま死のごたるか。なんか急に具合が悪くなってきた。ああ、胸が痛む。身体中がずきずき痛むとたい」

「早瀬、いつまでぐずぐすしていてもしょうがないだろ。悩んでいる時間が勿体《もったい》ないじゃないか。ジョンに笑顔を見せてやれ」

周作が言うと、早瀬は、そらそうたいね、と呟いた。肘《ひじ》をついて起き上がると、サンキュ、と呟き、ジョンを抱き寄せた。サンキュ。サンキュベリーマッチ。早瀬が頬ずりをしたので、髭でちくちくと痛み、ジョンは手で早瀬の顔を押し返して嫌がった。笑いが起こった。

周作は寝ころがり、椰子《やし》の葉の間からかいま見える南国の太陽を見た。葉が風に靡《なび》くたび、光が目の中心を射る。目眩と焦燥感が同時に周作の胸を焦がした。小枝が日々何を思い、何に悲しみ、何に縋《すが》ろうとしていたのか。この南国の島にいると、冷静に思い返すことができた。周作は鞄を手繰り寄せ、分厚い日記を取り出した。そして適当な箇所を開いて視線を落とした。

昭和六十年八月三日
周作は運命についてどう思うかしら。
運命というものはどうして万人にあるのかしら。運命運命といって人は出会っていく。どんどん出会っていけばいいんだわ。誰かに会えばすぐに運命を感じてしまうのね。人間だから仕方がないけれど、人間なんだから本当の運命が何かを嗅《か》ぎ分けないと。なのに周作、あなたはまた運命を受け入れようとしているのね。

そして新しい運命には古い運命は太刀打ちできない、とてもいいたげなあなたの爽《さわ》やかな顔。でもね、周作。人は大切なものを失った時にも、やっぱり運命といってそれを片づけようとするものなのよ。出会ったら運命だと喜び、別れたら運命だといって切り捨てる。人間ってどうしてこう学習力がないのかしら。そしてあなたはいつまでそんな運命を生きるつもりなの。

都合のいい運命もあるけれど、本当に大切な運命は静かなものでしょ。静かにひたひたと迫ってくるものでしょ。

周作、私はあなたが誰かに運命を感じても、それは私とあなたが持った運命よりもずっとひ弱な運命だと分かっている。あなたがいつか私と出会った運命の大切さに気づくことも知っている。その時まで私が自分を維持して、この孤独に負けなければいいのよね。その時までまだ私が生きていることを祈るしかない。

みんな都合がいいように世界を解釈して、戦争をして、正義を語って、考えを改めて、百八十度向きを変えて、それまでを否定しても、私はその身勝手な流れには同調しない。最初から私にはどの運命が一番大切であるのか分かっていた。世界はただそれを入れる器にすぎなかった。

周作、あなたは幾つになれば気がつくの？　あなたの一生はただ一度なのに。

14

周作は、ケイトが運転するワゴン車が「夏の家」に到着した時、半分眠りに落ちていた。夢の中には元気な頃の小枝がいて、庭で洗濯物を干していた。光がそこら中で跳ねて、小枝のシルエットを浮かび上がらせていた。背中を曲げて籠《かご》から洗い立ての洗濯物を取り出しては竿にかける何気ない動作だったが、縁側で周作はそれを繰り返し繰り返し何十年と見てきた。

見ていた時は日々の仕種《しぐさ》だったはずなのに、今こうして昔日を振り返ると、小枝が洗濯する姿こそが、もっとも彼女らしい日常の姿だということに気がついた。静かに急がず、着実に洗濯物を干していく様子は、彼女の性格そのものを表しており、瞼の裏側に焼きついて離れなかった。思い返せば、いつだって周作の衣服は洗濯糊のぱりぱりした匂いがしていた。シーツもタオルもどれも洗い立てであった。

「どうして、洗濯ばかりするんだ」

と訊いたことがあった。小枝は、汚れを落としたくて洗濯をするんじゃないわ、と微笑んだ。

「光を纏《まと》いたいからよ。生活の中に光の恵みを移したいからよ」

風にそよぐ白いシーツとシーツの隙間に、小枝の顔があった。小柄なのに肉付きのいい臀《でん》部《ぶ》や、しっかりとした肩、強くまっすぐに伸びた長い髪の毛は、意志の強さをくっきりと印象づけていた。繊細な表の顔とは対照的に、誰よりも自分を持っていたし、亀のような歩みながらも、必ず目的の場所に辿り着く強靭《きょうじん》な意志の強さを持っていた。

「着きましたよ」

ケイトがドアを開けた途端、寝ぼけていた周作は、またしてもケイトと小枝を見間違えてしまった。「夏の家」の玄関前に降り注ぐ光は、荻窪の家の庭を連想させた。まるで縁側で寝てしまった周作を小枝が起こしに来たと錯覚させた。

じっと周作が見つめていたので、困ったケイトはドアの把手《とって》を摑んだまま動くこともできなかった。栗城が周作の肩を押したので、やっと周作は現実に連れ戻された。寝ていた、と言い訳をしたが、車を降りてからも、周作はケイトから目を離すことができなかった。その所作に小枝の記憶を嗅ぎ取っていた。

日本語で「夏の家」と書かれた看板が、古びた和風の屋敷の玄関に掲げられていた。歴史的な温泉街にある宿を連想させる日本的な佇まいである。

「すごいね。ハワイの住宅地に、古い旅館があるとは」

「旅館じゃないです。料亭風のレストラン。昔は宿もやっていたんですけど、最近は人手が足りなくて、宿の方はやっていません」

奥から穏やかな笑みを浮かべた女性が出てきた。グランマ、とジョンが声をあげて走りだす。ジョンを抱き上げながら、ようこそ、とその初老の女性が三人にお辞儀をした。

「私の母です」

こんばんは、とジョンを抱えたまま女性はお辞儀した。今村佳代です、と女性は自己紹介した。照れくさいのか、ケイトが子供のように下唇を軽く嚙みながら微笑む。

「ここは私の家。ママはここのボス。パパはもういない。病気で二年前にタカイ？　死んでしまったよ。もしよろしければ裏に、昔、旅館をやっていた頃のナゴリ？」

佳代が、正解、と笑った。

「名残の、バンガローハウスがあるので、そこを使ってください。さっきママには電話でちゃんと許可をとっておきました」

早瀬が腰に手を当てて、建物を見上げた。こうやって出会ったのも何かの縁だし、たいしたおもてなしにできないけれど、困っている時はオタガイサマ？

ケイトはそこで母親の顔を見た。佳代は、合ってるわ、と頷いた。静かな笑みを湛《たた》えた女将の顔のそこかしこに、知的な風格がかいま見えた。話は聞いています、どうぞお気兼ねなく、と佳代は言った。

そこは小高い丘の上に位置しており、周作が振り返ると、遥か彼方にホノルル港が見えた。ホノルル港の反対側には、ホノルルのダウンタウンの左手にパンチボールも聳《そび》えている。見晴らしのいい一等地であった。女将が周作の傍にやってきて、右手の真珠湾を指さした。

「皆さんは昔、真珠湾攻撃に参加してたんですってね。ケイトから聞きました」

佳代は宿の二階を今度は振り返り、ここの二階には五十年ほど前から大きな望遠鏡があるんですよ、ごらんになりませんか、きっと懐かしいはずだから、と付け足した。

「望遠鏡？」

栗城が言った。

「ニイタカヤマノボレ」

あ、と早瀬が声に出した。三人の元雷撃機の搭乗員たちは同時に顔を見合わせた。吉川少尉がスパイ活動をしていた旅館というのはここですか、と栗城が聞きなおした。女将は微笑みを崩さず、頷いた。

語りつづける佳代の話に耳を傾け、一方で望遠鏡を覗きながら、不思議な縁だ、と周作は思った。

女将の語る昔話は全て、二年前に病死した夫の受け売りだったが、ここを訪ねる日本人観光客に語りつづけてきたせいか、堂に入っていた。彼女自身は戦後、京都からここに嫁いだとのことだった。

「真珠湾作戦の前までは、まだ昔の『春潮楼』という名前でした。『夏の家』となるのは戦後のことです。吉川少尉はね、変わった人で、いつもここに食事に来ては、この辺り」

佳代は大広間の丁度真ん中辺りを指さしてから続けた。

「この辺りにごろんと横になっていたんですって。昼日中から寝ころがっているから、主人はいい加減な軍人だと思っていたみたい。でも、本当は物凄い任務を帯びていたんですね」

「そがんだったとですか」

早瀬が唸った。

「真珠湾が攻撃された途端、アメリカ軍がやってきて、望遠鏡は没収されました。もちろん、即座に閉店。少尉は逮捕されるし、もう本当に大変だったみたい」

日が暮れて夕食の時間になっても、女将の当時の話は続いた。戦時中は軍に店を没収され、戦後の一時期、別の人が鰻屋《うなぎや》を経営していたんだけど、それも長く続かず、結局また主人がここに店を出すことになるの。でもその主人も二年前に他界して。今は私が、これも何かの縁ね、京都で主人と出会って結婚してケイトを産んで、この店を継ぐことになったんだから。

ジョンを寝かせつけたケイトが戻ってきた時には、佳代はほろ酔い加減になっていた。どうして、皆さんは今頃、真珠湾を見たいだなんて思ったの？と佳代が訊ねた。

「なんがそうさせたっだろね。でも、とにかく一度来たかったとです」

早瀬が神妙に言うと、佳代は静かに頷いた。周作の目の前に徳利が差し出された。ケイトがお酌をしようとしていた。彼女を前に、小枝を思い出さないでいることは難しい。お猪口《ちょこ》を取り、中の酒を空けてから、静かに差し出した。ケイトが微笑みながら酒を注いだ。小枝が傍に戻ってきたような錯覚を覚えた。

「俺たちが爆弾ば落としたこつで、あの戦争がはじまった。俺たちの青春は全てあの戦争に奪われたち。戦後、必死で国ば建て直したとに、そこに自分たちの理想的な居場所はなかったったい。いったいなんばしたとだろかって、俺たちはなんに命ば懸けてきたとだろかって、思うたと。せめてもう一度、真珠湾ば見たかった。死ぬ前にもう一度見てみたかったとです。

ここに来れば何か納得でくっとじゃなかか、と思って」

早瀬が酔眼を凝らして告げた。栗城が頷いた。周作はじっと窓の外、茜色《あかねいろ》のオアフの空を眺めていた。

「どうでした？　もう見てきたんでしょう？」

「見たことよりも、まだ来たという気持ちの興奮の方が強くてね」

周作が言うと、栗城が頷いた。冷静に感じるまでにはもう少し時間がかかるかな。

「よかったら、ここにいてください。ホテルじゃ、落ちつかないでしょ」

「でも旅館でもないのに、迷惑でしょ」

栗城が口を挟むと、女将は、一週間や二週間なら平気だから、お気兼ねなく、と繰り返した。ちゃんと支払いはさせてください、と周作が申し出た。女将は、それはおいおいに、と微笑んではぐらかした。

「実は、私、最初の夫を戦争で亡くしているんです。といっても結婚は十八の時でしたし、最初の人はその翌年に死んでいるんで、戦争が大変だったっていう記憶しかなくて。でも、短い縁だったけど、その人はずっと私の中にいた。だから、結婚はもうしないつもりだったんですけどね。不思議。次の結婚は今から三十五年前でしょ。それでこの子が生まれて、あの人が一昨年逝って。ジェットコースターのような人生だったわ」

佳代は大きく微笑み、男たちは小さく頷いた。

周作はケイトを振り返り、いいのかな、甘えて、と訊いた。ケイトも微笑み、ママは日本人だから、ほっておけない気持ちは私より強いんです、といっそうの優しさを戻した。

「昔の日本人は助け合ったものでしょう」

佳代の呟きに、周作は不意に心の中に風を感じた。

「袖《そで》振り合うも多生の縁というじゃない」

ケイトが、ソデフリアウって踊るということ？　と佳代に訊き返した。違うわよ、と佳代は優しい口調で答えた。

「ソデ、袖はね、服の腕を覆う部分のことよ。道を歩いていると、誰かとすれ違う時に袖がぶつかることがあるでしょ。日本の昔の人はね、そうやって誰かとぶつかってもね、前世の縁があったのだろうからって、小さな出会いまで大事にしたものなの」

「そうなんだ」とケイト。

「こうやって皆さんがわざわざここまでいらしたのも、そしてケイトがガイドとして雇われたのも、縁でしょ。縁は大事にするのが日本の心だからね。今度はいつ自分がそういう立場に置かれるか分からないでしょ。優しさは優しさを導くもの」

と佳代が明るい声音で言うと、不意に早瀬が目頭を押さえた。堪えていた気持ちが突然に溢れ出たような泣き方であった。

「なんか嬉しか。なんか涙が出てきたと。嬉しか」

いい大人が泣くのはみっともない、と周作がたしなめたが、早瀬は泣きつづけた。栗城は下を向いていた。周作は、恩に着ます、と頭を下げた。ケイトが、オンニキルって、どういうこと、と小声で佳代に訊き返した。

16

食後、女将に付き合わされて宴会場に場を移した。日本製のカラオケセットがあった。栗城がケイトの歌を聞きたいと誘ったが、今夜は用事があるのでこれでごめんなさい、とつれなくされた。私じゃダメですか、と女将が微笑み、早瀬が、僕は女将の方がよかア、とその腕に手を回した。佳代も満更ではなさそうだった。二人で黒田節を歌いだした。女将の高音と早瀬のだみ声が妙にマッチし、不思議なハーモニーを生み出した。早瀬が手拭いを頭に巻きつけ、お盆を杯に、箒《ほうき》を槍に見立て、おかしな振り付けで踊りだしたものだから、笑いが弾け、酒も進んだが、どんなに飲んでも、周作は酔うことができなかった。

三人は「夏の家」の裏手にあるバンガローハウスで寝た。バンガローハウスは温泉旅館の離れといった風情で、日本庭園風の小さな箱庭が付いていた。そこには小池があり、そり橋が架かっている。石灯籠《いしどうろう》には灯火が揺れ、いっそうの情緒を醸し出していた。仲居さんに案内されていくと、すでに日本式の布団が敷かれていた。

「不意のお客さんなので、ちょっと布団がしけっているかもしれませんがね」

と仲居さんが微笑みながら言った。

「よかです。どうせみんなしけった老年ですけんな」

と早瀬が返した。仲居さんは早瀬の背中をぽんと叩き、どこが老年ですか、あの歌声、まだまだ若いじゃありませんか、と世辞を言った。

ハワイの人は優しいな、と栗城が呟いた。料理も家庭的な日本料理で美味《おい》しかった。風呂も広く、疲れがとれた。こんなに遠くまで来てこんなに優しくされるなんて。ああ、ほんなこつ、と早瀬が相槌《あいづち》を打った。

並べられた布団を見下ろし、どう寝るかな、と周作が言った。どこでんよか、と早瀬が笑った。栗城が、俺は端がいい、と言い布団にもぐり込んだ。三人は並んで横たわった。まもなく早瀬の鼾が聞こえてきた。

「寝たか」

暗がりから栗城の声がした。いいや、と周作は呟いた。小枝ちゃんのことは辛かったな、と栗城が呟いた。ああ、と周作は応えるのが精一杯であった。お前に言っていいものか悩んでいたんだが、小枝ちゃんの最期を知った以上、黙っておくこともできなくなった、と栗城は前置きをした。

「一度だけ、小枝ちゃんから呼び出されたことがある」

周作の目が開いた。庭の小池に反射した月光がバンガローハウスの天井に斑模様を拵えていた。水面が風で揺れるたび、さわさわと無数の光線が揺れた。

「死ぬ一年ほど前のことになるかな。会った時に随分窶《やつ》れたなって思った。俺なんかのところを訪ねてくるくらいだから、相当辛い思いをしていたんだろう」

聞いていいものかどうか、周作は身を強張らせていたが、拒絶することもできない。旧友の声は古いラジオから流れ出る戦時下の放送のようであった。

「小枝ちゃんは、お前が自分から離れたがっているんじゃないかって疑っていたんだ。そんなことはないだろう、白河に限って、と俺は言っておいた。心当たりがあるのか、と訊いたが、それには答えなかった。逆に、何か知りませんか、知っているなら、教えてください、と食い下がられた」

栗城の方を周作は向くことができなかった。声だけが静かに周作の胸を締めつけた。

「知らない、と言ったが、信じてはくれなかった。何か知ってるんでしょう、水臭いじゃないですか、みんなで私を除《の》け者にする気ね、と最後の方は感情的になっていた。眉間に幾本もの縦皺を拵えてさ、あんな顔見たこともなかった。随分と苦しんでいる様子だったので、お前に連絡しようかと思ったが、絶対に周作には言わないでくれ、と何度も何度も念を押された。今思うと、俺があの時、お前に連絡していれば、そんなことにはならなかったのかもしれない」

そうか、と周作は呟いた。それ以上、もう何も口にすることはできなかった。背骨の奥から疲れがどっと打ち寄せてきた。足元から感覚が麻痺していく。老け込むとはこういうことだ、と思うほどに、全身の神経が疲弊しているのが分かった。

「お前、どこかに好きな女でもいたのか？」

意外な質問だった。周作は怒りの気持ちをどこに向けていいのか分からなかった。

「いるわけがない」

そうか、と栗城は呟いた。

「でも、誤解されたのだと思う」

「そうだろうな」

「俺はあいつを心底愛していた。今でもその気持ちは変わらない。あいつは十分に分かっていると思っていた。愛が足らなかった。謝りたくとも、もうあいつはいない」

栗城はそれ以上、もう何も言わなかった。

17

栗城が寝た後も周作はなかなか寝つけなかった。喉《のど》が渇いて寝苦しく、水を飲みにバンガローハウスを出た。清澄な月が真上にあった。渡り廊下にある水汲《みずく》み場で水を飲み、それから日本式の庭をしばらく眺めながら小枝のことを考えていた。月より垂らされた絹の光が箱庭を柔らかく包み込んでいる。池の鯉が水面に顔を出しては、またもぐった。ぴちゃっという、水の跳ねる音が一帯に響いた。それを打ち消すような勢いで車のエンジン音が彼方から聞こえてきた。ヘッドライトの灯が「夏の家」の壁をレースのカーテンを引くように過っていった。

周作はポケットに手を入れ、頭上の月をもう一度見た。その淡い光の中に小枝がいるような気がしてならなかった。すまなかった、と独りごちた。謝ってももう妻はいない。周作は耐えきれずに笑った。後悔という言葉を発見した人間を呪いたくなった。なぜ後悔ばかりが人生には残るのだろう。生きるということは、後悔をするために存在しているようなものじゃないか。周作は憤りを握り拳の中に封じ込めた。我慢をすることしか俺にはもう残っていないのか。いったいどれほど我慢をすれば済むのだろう。

車が「夏の家」の前で停まり、ドアが閉まった。しばらくすると声が聞こえてきた。声は押し殺されてはいたが、それは明らかに口論であった。ケイトの声に似ていたので、勝手に足が向いた。

裏口の横にある高木の間を抜けると、「夏の家」の駐車場に出た。新型のメルセデスは駐車場の中央辺りに停められ、そのヘッドライトの中でもみ合うように二人の男女のシルエットがあった。一人はやはりケイトで、もう一人は若い男性である。二人は日本語で口論をしていた。男の方が明らかに興奮していた。ケイトは男を宥めながらも、自分の立場を説明しているような、奇妙な向き合い方であった。少し離れているせいで、二人が何について言い合いをしているのかは分からなかった。ただヘッドライトの明かりの中心で、縺《もつ》れるように揺れる二人のシルエットが、何よりも饒舌《じようぜつ》に二人の関係を物語っていた。

小枝と一度だけ言い合いをしたことがあった。しつこく飲み屋の女将とのことを詮索《せんさく》されたことが発端だった。持ち出されたのは女将のことだけではない。戦争で死んだ同僚の妻の名前も出た。近距離航空の会社で働いていた時の事務員の名前も出た。

小枝は決して口答えをしたことのない女だった。なのにその時は血相を変えて、周作の行動を非難した。あなたは誰に対しても優しすぎるのよ。そんなに優しくするからみんなあなたを誤解してしまう。その人たちが悪いんじゃない。あなたが悪いの。

その時、周作ははじめて小枝の頬を殴った。

ケイトは、痛い、と叫んだ。男がケイトの右腕を掴んだせいだった。ヘッドライトの眩しい光に照らし出されて二人はダンスを踊るように縺れた。ケイトは拙《つたな》い日本語を捨て、英語で抗議をした。相手は日本語で反論する。言葉遣いから男は日本人であることが分かった。男の方は、酔っているのが一目瞭然の態度だった。ケイトの腕を掴んだまま、もう片方の手でケイトを殴った。男が見た目にもかなり興奮気味だったため、周作の身体が動いた。周作は若い男性の肩を掴み、その横っ面を殴った。男が倒れ、殴られた方の頬を押さえた。何が起こったのかという驚きの顔をして周作を見上げた。

「お前、日本人だろ。女性に暴力をふるうなんて最低だな」

言いながら周作は、頬を押さえて泣きだした昔日の小枝の姿を思い出してしまった。目の前の若い日本人の男がかつての自分の姿と重なって、苦しくなった。

「なんだよ、ケイト。誰だ、このジジイは」

「白河さん、大丈夫です。この人、酔っているだけですから。普段はこうじゃないんです。普段は」

男は起き上がって、周作と向き合った。合気道の師範でもある周作の身体は老いてもなお矍鑠《かくしゃく》としていた。周作より背が高い男は起き上がるなり、周作に飛びかかってきた。周作は身体をかわし、バランスを崩した男の足を引っかけた。再びつんのめった男は車のバンパーに顔をぶつけて地面に転がってしまった。

くそ、と男は言い捨て、車に乗ると、アクセルを踏んだ。男の運転するメルセデスは駐車場を暴走族さながらぐるぐると回って威嚇した。周作はケイトを自分の後ろに隠し、運転席の男を睨んだ。クラクションが鳴らされた。まるで駄々っ子のような態度に、やるせないため息が零れ出る。周囲の家の灯があちこちで灯りはじめ、メルセデスはとうとうそこを離れた。周作には、男のしつこさが分かったが、苦しい恋をしているケイトの気持ちを察し、意見を控えた。車のエンジン音が遠ざかると、ごめんなさい、とケイトは言葉にした。昼間に見た顔とは違い、その表情があまりに悲しそうなので、周作は、

「出すぎた真似をしてしまった」

と言うのが精一杯だった。ケイトはかぶりを振った。

「ありがとうございます」

お礼を言った途端、ケイトは抑えていた感情を吐き出すように泣きだしてしまった。必死で何かを堪えていたに違いなかった。お休みなさい、と呟いて走りだしたその背中を周作は静かに見送った。

小枝を殴った後、周作はどう謝るべきか、言葉を見つけ出せないでいた。後にも先にも、殴ったのはただその一度だけであった。その時の不信感に満ちた小枝の目を忘れることができない。結局、周作はその件について謝罪をすることはなかった。

周作は再び月を見上げる。高い木の梢から、月は全てを穏やかに見下ろしていた。

18

朝食を食べ終えると、周作らは佳代の案内で、「夏の家」の駐車場で毎朝行われている従業員たちの日本式ラジオ体操を見学した。女将が日本から持ち込んだテープには、日本人なら誰もが知っているラジオ体操のピアノ演奏とナレーションの男性の声が入っていた。

様々な人種が入り交じっていた。浅黒い顔の大柄な男はコロンビア人。白人もいる。アジア系の従業員もいる。だが半分ほどは日系人であった。お国柄の出た体操には笑いを誘われたが、周作には、太陽の下、彼らが健康的でのびのびと生きていることが羨《うらや》ましかった。

ケイトがジョンの手を引いてやってきた。周作と目が合ったケイトは恥ずかしそうにお辞儀をしただけだった。周作も、やあ、と手を上げてみたが、ぎこちない笑みになった。ジョンは早瀬の腕の中に飛び込み、祖父に甘えるように足をばたばたさせた。

昨日は見苦しいものを見せてしまってごめんなさい、とケイトが小声で謝った。周作は、何か我慢をしているんじゃないのか、と訊いてみた。

「我慢？」

「ｐａｔｉｅｎｃｅ」

ケイトの目が仄《ほの》かに赤く変化し、それから子供が口答えをする時のように唇を尖らせた。

「我慢は悪いことではないでしょ。我慢は大切なことだって、父や父の世代の人々から習いました。でもｐａｔｉｅｎｃｅじゃない。日系人は我慢のことを、ｑｕｉｅｔ　ｅｎｄｕｒ-ａｎｃｅと訳してます」

「ｑｕｉｅｔ　ｅｎｄｕｒａｎｃｅ？」

「静かに耐える」

周作の目がケイトの目の中心で止まった。ケイトがふっと口にした英語の意味の方が、よっぽど我慢という言葉の本来の意味に近いような気がしたからであった。静かに耐える、か。

「ええ、静かに耐えることで、道が開けることもあるって。そう習いました。それが我慢の本当の意味だと教えられました。ただ耐えるのでは、人間らしくありません」

ケイトは栗城と早瀬の方に向き直り、笑顔を見せた。

「気持ちがいいですよ、一緒に体操いかがですか」

栗城が立ち上がり、俺は日本でも毎日やっているんだ、と言いだした。周作と早瀬は木陰に座って見学となった。ケイトが周作の横に来てしゃがみこむ。洗い立ての髪からシトラスの甘い香りが漂って、清涼感をもたらした。

「元気を出そう」

はい、とケイトは笑顔で頷いた。くよくよするのは似合わないから、と口にした。

「あの人は婚約者。でも最近うまくいってないんです。私に子供がいることで向こうの親御さんに反対されているらしくて。酔うといつもその話になる」

数秒、ケイトの口元が言葉を探して動かなくなった。吐息でむりやり吐き出すように、沈黙を破った。

「悪い人じゃないんだけど、弱い人だし、ちょっと周りを気にしすぎるところがある。イエガラ？　ウジスジョウ、でしたっけ、をことさら気にするんです」

そうか、と周作は頷いてみせた。

「だから、もう結婚は無理かもしれません」

そんな奴と結婚なんかしない方がいい、と言いかけて周作は口を噤《つぐ》んだ。ケイトが悲しい顔をするのを見たくはなかった。「夏の家」の上を伸びやかな優しい風が吹き抜けていった。火炎樹が風を受けて、涼しい音をたてた。名前も分からぬ南方の鳥が木の上を、背後の山めがけて飛んでいく。太陽が眩しくて周作は目を閉じた。

ラジオ体操が終わる間際、幌《ほろ》のついた古びたトラックが一台敷地に入ってきた。体操を終えた女将がトラックから降りてきた男に、庄吉さん、と声をかけ、手を振った。顔は浅黒く、目は窪《くぼ》んでいたが、老年ながら、背筋のしゃんと伸びた男であった。コロンビア人の従業員が走ってやってきたので、庄吉は、後ろにあるものを全部下ろしてくれ、と英語で指示した。

女将と男は英語で挨拶を交わし、握手をした。

「庄吉さんは二世。パパとは戦友同士、同じ442部隊に所属してヨーロッパ戦線でドイツ軍と戦ったんですよ」

ケイトが三人に説明をした。女将が庄吉の腕を摑んで、三人の前に連れてきた。

「ワイアナエ山地の向こう、ほとんど人のいない奥地でね、たった一人で酪農を営んでいるの。新鮮な乳製品を届けてもらってます」

女将が心を許しているのがその笑顔から分かった。日本語は通じるとですか、と早瀬が女将に耳打ちした。

「もちろんよ。三世や四世の子供たちを集めて、月に一度日本のことを教えているくらいだから」

九州弁でもよかですよ、と庄吉がいきなり方言で言った。

「九州のどこね？」と庄吉が、驚く早瀬に続けざまに質問をした。熊本です、と早瀬は生真面目に答えた。俺の先祖の田舎も熊本だよ、と庄吉は笑った。庄吉が手を差し出し、そがんですかあ、と早瀬は力強くその手を握りしめた。熊本のどこですか？　阿蘇の方。あんたは？　市内です。市内か、戦後一度だけ行ったことがあるよ。熊本城が綺麗だったもんな。

女将が三人の素性を庄吉に紹介すると、庄吉は神妙な顔になり、そうか、あんたたち真珠湾を攻撃したんだ、と呟いた。それまでの笑顔が急に消えたので、周作は気になった。

「俺は丁度その時、ダウンタウンにいたんだ。アリゾナが爆発するのが見えた。あの時、あの空を埋めつくした戦闘機の中にあんたらがいたんだな」

三人も、庄吉が見ている真珠湾を振り返った。

長閑な風が過っていった。ゆるやかに下る坂の途中の住宅地は、ひっそりと寄り添いながらも、光の中にうずくまっていた。青々とした空の下に、かつての戦場が霞《かす》んで見えた。どこにもう戦争の面影はなかった。

「あんたたちはゼロ戦に乗っていたのか」

庄吉が言った。周作は、雷撃機です、と答えた。

「トーピドーボンバーズ（雷撃機）」

庄吉の表情が変化した。

「じゃあ、九七式三号艦上攻撃機だね」

「よくご存じですね」

栗城が言うと、庄吉は顔を俯かせ、ああ、と頷いた。

19

海が夕焼けで赤く染まりはじめた頃、ケイトに引率された周作らは約束どおり、リチャード夫妻の家を訪れた。ダイヤモンドヘッドを通り越し、カハラモールをさらに過ぎて、ワイキキの外れ、海沿いの閑静な住宅地に、夫妻の可愛らしい家があった。道に面してちょっとした芝生の庭があり、年季の入ったダッヂのワゴンが停めてあった。南国の植物が育った小さな花壇、カラフルな明るい壁、大きな窓、芝生は綺麗に整えられており、大型の芝刈機が戸口の脇に立てかけられていた。

周作は、小枝と暮した荻窪の家と比較してみた。駅から徒歩十分、ごちゃごちゃとした商店街を抜けると、車さえも入れない路地があり、家はそのどんづまりにあった。猫の額ほどの庭を囲む板塀。瓦屋根の古い木造の家。庭には木蓮《もくれん》の木が一本生えていて、春には白い大きな花をいくつも咲かせた。

命懸けで戦ったかつての敵、元アメリカ兵の家。そこにも当然のごとく普通の生活があった。ほぼ半世紀に及ぶ戦後があった。周作は四十六年の歳月を経て、かつての勝者の家を訪問しようとしていた。いったい自分が歩んだ四十六年と、彼らが歩いた四十六年の差とは何か。周作は可愛らしい戸口の前に立ち、静かに呼吸を整えた。

玄関で夫妻が仲良く一行を出迎えてくれた。汗ばむ掌をアロハの袖で拭ってから、三人は交互に夫妻と握手を交わした。家の中に踏み入ると、外の刺すような暑さとは別世界のように、室内は意外とひんやり冷たく、心地よかった。最初に目についたのは、壁に所狭しと飾られた夫婦の写真であった。

「出会ってまだ間がないけど、こうして沢山写真を撮って飾れば長く連れ添ったように見えるでしょ」

リチャードの妻浩子が微笑んだ。

知り合って僅か数年の夫婦とは思えないほどに、様々な土地を二人で旅しているのが、写真から窺えた。風景の違った幾枚もの写真が壁を埋めていた。小枝とはあれほど長く連れ添いながら、数えるほどしか旅行らしきものはしたことがない。しかも夫婦水入らずでの旅などほとんどなかった。

誰かに頼んだのか、或いはタイマーで撮ったのだろう、どの写真もリチャードと浩子が仲良く並んで写っていた。周作は小枝と一緒に写真に写ることを恥ずかしがっていた。何をそんなに恥ずかしがる必要があったのか、思い出せなかった。周作は、ポケットに忍ばせている小枝の写真をこっそりと取り出した。笑っていたが、写っているのは一人であった。誰が写したものかも分からないが、これほど明るく笑っている顔を記憶の中に見つけ出すのは難しい。とすれば、誰か周作の見知らぬ人間が写したものだろうか。息子たちの誰かか。あるいは古い友人の誰かだろうか。二人で写っている写真は結婚式のものと、他に数葉、何かの記念式典の折などに写されたものだけが残っている程度であった。

周作が握る小枝の写真に早瀬が気づき、お、と声をあげた。栗城も覗き込んだ。どうしましたか、とケイトが振り返ったので、周作は慌てて写真をポケットに戻した。栗城も早瀬も見てみぬふりをした。

義足を引きずって歩くリチャードが、三人を居間に案内し、ファブリックのソファを勧めた。ダークチェリーの床と白壁のコントラストが鮮やかな居間には、リチャードの収集したと思われるヨットの模型が幾つか飾られており、木製のブラインドから零れる柔らかい光が当たっていた。

周作とリチャードは一人掛けの椅子に座り、早瀬と栗城は長椅子に背を凭《もた》せかけた。ケイトは浩子夫人とともに奥のキッチンで夕食の準備をはじめた。

　四人は向かい合って座ったが、周作は小枝のことを考えて俯き加減だった。早瀬と栗城は言葉の問題で口が重く、ただひたすら微笑むばかりであった。温厚な性格のリチャードが三人に煙草を勧め、一同は同時に手を伸ばして、微笑みを誘った。

四人は一つのライターを回し合い、火を点《つ》けると、煙草を燻《くゆ》らせた。煙草を吸いながらも、目が合うと、微笑みだけで会話を続けた。間が保たなくなった頃に、ケイトがビールを持ってきたので、沈黙が一瞬、回避された。四人はグラスを高々と持ち上げて乾杯をした。日本式の乾杯を思い出したらしく、リチャードは大声で、カンパイ、と喉を響かせた。

「去年、妻と東京に旅行した時、居酒屋でビジネスマンたちが頻《しき》りにグラスを持ち上げて、カンパイと言っていました」

　リチャードが思い出を語る。周作は、栗城と早瀬に通訳をした。カンパイ、カンパイ、と早瀬が調子に乗って騒いだ。リチャードは微笑みを崩さず、早瀬のグラスに自分のグラスを軽く当ててから、半分ほどを勢いよく飲んだ。そして、

「キョウハ、トコトンノムゾ」

　と、どこで覚えたのか奇妙な日本語を口にし、さらに大きな笑いを誘った。とことん飲もう、と早瀬がグラスを高々と掲げた。周作も栗城もビールを飲み干す。冷えたビールが男たちの五臓六腑に染み渡った。

「うまか」

早瀬が笑った。周作も栗城も口許が緩みっぱなしであった。

四人は新しい煙草に火を点けて、新しいビールをお代わりしたが、会話らしい会話は生まれなかった。開け放たれた窓から優しい風が吹き込み、人生の最終コーナーを曲がり切ろうとしている四人の元軍人の顔を撫でていった。奥のキッチンから、ベーコンや肉の焼ける香ばしい匂いが漂ってきた。よか匂いたい、と早瀬が呟き、栗城が頷いた。

微笑ましい沈黙が過ぎた後、リチャードは机の引き出しから古びた新聞を取り出し、テーブルの上に広げた。第一面は、男女四人の老人が手を前に組んで立っている絵であった。二人は日系の老人で、もう二人はアメリカ人の元兵士のようであった。背景にはゼロ戦も描かれている。真珠湾攻撃のその後を特集した新聞のようだった。

リチャードが一枚目を開くと、『LIVING　MEMORIES』と題された見出しが躍った。当時の写真の合間をびっしりと英文の記事が埋めている。さらに次のページには『NEVER　FORGOTTEN』という見出しがあった。リチャードが肩を竦めて微笑んだ。ページをさらに数枚捲ると、『TORA、TORA、TORA』とそれまでで一番大きな見出しが、轟沈する戦艦アリゾナの絵とともに飛び出してきた。

おお、と栗城が唸り、周作の眉間に縦皺が走った。しかしリチャードの表情は穏やかなままでである。リチャードは指を新聞に突き立てて、いいかい、とでもいうように一同を見回した。それからさらにもう一枚、ページを捲った。

真珠湾の地図——といってもフォード島を囲むように停泊していたアメリカ太平洋艦隊の艦船が詳細に配置されている図——がカラーで印刷されていた。上空をゼロ戦や九七式艦攻が舞っており、機種ごとに細かなデータなどが記されていた。周作らが搭乗した雷撃機九七式三号艦上攻撃機にはｔｏｒｐｅｄｏ　ｂｏｍｂｅｒｓと英語表記されていた。

早瀬と栗城が身を乗り出して、ああ、と叫んだ。

「こらゼロ戦たい。こっちゃあ九七式艦攻」

早瀬が、描かれている戦闘機の絵を一つ一つ指さして告げた。なんて書いてあると、と早瀬は周作に訊いた。性能とか、攻撃内容とかが記されているようだな、と周作は応えた。リチャードが、ルック、と呟き、一本の赤線を指さした。赤線はまっすぐに戦艦群の横腹へと到達しており、一目、九七式艦攻の攻撃ルートであることが分かった。リチャードは優しい微笑みをもう一度浮かべると、周作の顔を見つめた。

四人はまるで子供のようにテーブルに身を乗り出して新聞を覗き合った。やはり会話はなかったが、気持ちは同じ時代を見下ろしていた。

周作がライターを新聞の端に置くと、リチャードが真顔に戻った。周作はライターを九七式艦攻に見立てて、地図の上を移動させた。

「This is Nakajima B5N2 torpedo bomber（これは中島型B5N2雷撃機です）」

リチャードの目に光が宿り、口許が僅かに引き締まった。同じ時間を共有したものだけが分かる、ひりひりとした空気がそこにはあった。周作が摑んだライターは真珠湾を大きく迂《う》回《かい》し、ヒッカム飛行場手前で旋回すると、工廠《こうしょう》地区を通過し、真珠湾へと出た。

「Low-flying and then（超低空飛行、そして）」

周作はリチャードの顔を見上げ、

「Attack!（発射！）」

と呟いた。

リチャードは周作の目をじっと見ていた。それから静かに頷いた。

四人は再び沈黙し、一人、二人とソファの背に凭れて、新しい煙草に火を点けた。まもなくケイトがピーナッツと新しいビールを持ってきた。リチャードが、ロングタイムアゴー、と呟き、目元だけで微笑んだ。周作が微笑み返し、早瀬、栗城も続いた。四人は新しいグラスを手に取り、それから誰からともなく目を瞑《つぶ》り、簡単な黙禱を捧げた後、ビールにそっと口をつけた。

20

夕食の準備が整い、一同は海へと繋がるテラスに出た。裏の戸を抜けると、猫の額ほどの専用ビーチがあった。日本の垣根のような簡素な柵が隣家との間を区切っている。ビーチといえるほど立派なものではなかったが、年配の夫婦が水浴びをするには十分すぎる浜辺がそこにはあった。

折り畳み式のテーブルを栗城とケイトが浜辺に持ち出し、そこに料理が運ばれた。玉子焼きや手巻き寿司が、ローストビーフやマッシュポテトと一緒に並べられた。和洋混在する食卓の上は、まさにハワイという風土を物語っており、見ているだけで楽しくなるような賑やかさである。

空が茜色に染まる頃、不意に客人が顔を出した。三人の中で一番背が高い周作よりも頭一つ分は大きな男だった。顎や額や耳がとてつもなく巨大で、外見は悪役のプロレスラーといった風貌である。男は帽子を脱ぐと、やや緊張気味に日本式のお辞儀をしてみせた。薄い頭髪の下に外見とは正反対の優しい目が二つ、青々と光を反射していた。リチャードが立ち上がり、アリゾナに乗っていた友人だ、と三人に紹介をした。

アリゾナの乗組員というだけで、三人の顔が強張った。一番大きな被害を受けただけではなく、アリゾナの中にはいまだに大勢の死者が眠っている。

立ち上がったものの、どうしていいのか分からず、三人はじっと男を見つめた。僅かの間、沈黙が一同を包み込んだが、アリゾナの元乗組員が周作にすっと手を差し出した。ウイリアム、と男ははっきりとした口調で自己紹介をした。微笑みはどこかぎこちなかったが、優しい男だということは十分に伝わった。周作はすぐにその男の手を握った。普段よりも長い握手が交わされ、しかも男は大きく手を振るものだから、なかなか放すに放しにくかった。続いて男は栗城、早瀬とも握手をした。

ウイリアムと名乗る男はリチャードの横に腰を下ろした。浩子と握手をし、それからケイトには、もう一度日本式のお辞儀をしてみせた。彼なりの知識に則《のっと》っての挨拶だったが、それは古びた認識の日本をいまだに引きずる、サムライ式のお辞儀であり、微笑みを誘うものであった。ケイトがウイリアムを真似て、両手を腰に当てて、深々とお辞儀をしてみせたものだから、今度はさらに大きな笑いを誘った。緊張は一気にほぐれた。

ウイリアムもリチャードに似て、口数の少ない男であった。ただ耳が悪いのか、返事がやたらに大きく、イエス、と彼が答えるたびに、誰もが彼を振り返るほどだった。ウイリアムは戦後、メカニックに転向し、航空関係の整備会社で定年となった。現在は年金生活の傍ら、趣味で小型セスナ機の操縦などをしている。同じメカニック出身とあって、栗城とウイリアムは意見があった。ケイトを間に挟んで、当時の戦闘機の性能の差などを話しだした。五人の男たちの間に、やっと会話らしい会話が生まれたが、栗城とウイリアムの話題はあまりに専門的すぎて、周作らには多少退屈でもあった。

アルコールが入り、さらにゆるやかな時間が過ぎると、男たちは椅子にゆったりと凭れて、リチャードが持ち出してきた葉巻を燻らせた。早瀬が咳き込み、周作が、煙は肺に入れず吹かすんだ、と教えると、男たちの間の空気がいっそう柔和に溶け合った。

ちょっとしたことで微笑みが生まれたが、ここでもほとんど戦争の話にはならなかった。ウイリアムがした質問は、はじめて真珠湾を見た時はどんなだったかい、というもので、それには栗城が、ビューティフル、と英語の単語で答えて、また笑いを誘った。

周作は三人が同じ九七式艦攻の搭乗員であることを説明した。

「B5N2は三人乗りで、操縦士、偵察士、通信士が搭乗しました。私が操縦士で、操縦の他に魚雷を発射した。私のすぐ後ろの席には栗城が座っていました。彼は偵察士で、主に針路を計る仕事をしました。そしてもっとも後ろの席の早瀬は通信士をしていました。彼は寝ていてもオッケー。いてもいなくてもあまり関係のない立場でした。一応、暇なものだから、機関銃なんかが取り付けてあって、敵機が近づいてきたら、彼はそれで応戦をしたりする役目でしたが、あまり性能のいい銃ではなかったので、敵機にあたることはほとんどありませんでした」

周作が、三人の役割分担などを説明すると、ウイリアムとリチャードは微笑みながら、じっと耳を傾けていた。

「随分と訓練をしたんでしょ」

浩子が口を挟んだ。ケイトがそれを通訳する。

「そりゃ、厳しい訓練でしたよ。一歩間違えば海に突っ込みかねない超低空の訓練だったから。二十メートルの高度で目標に突っ込まないといけなかった。鹿児島湾で直前まで毎日毎日超低空飛行の猛訓練をしたんです。あれほどの成果が出たのも、訓練の賜物です」

栗城は自慢気に告げた後、不用意な発言をしたことに気がつき、慌てて口を噤んだ。通訳をするケイトが、タマモノというのは、どう訳しますか、と訊き返してきた。栗城が困った顔をしたので、周作が、なんとか無事に帰艦できた、と英語でリチャードに伝えた。リチャードが栗城にもう一本葉巻を勧めた。前の葉巻も半分ほどでやめてしまっているのに、どうか、と勧められて断れず、栗城は、サンキュウ、と声を出して一本を摘《つま》んだ。早瀬がくすくすと笑い、周作も口許が緩んだ。

さらに会話らしい会話がないまま、時間だけが過ぎていき、アルコールが男たちを眠たくさせた。早瀬が咳き込みだした。咳はなかなか治まらず、ケイトが心配して背中を摩った。

「年寄りが慣れない葉巻なんぞを吸うからだ」

栗城が厭味《いやみ》を言った。ソファで少し休んでください、と浩子に連れられて、居間に早瀬が引っ込むと、代わりに、ウイリアムが奥からウクレレを持ち出してきて、奏ではじめた。ハワイアン調の穏やかな旋律が、打ち寄せる波の音と絡まり合って美しく周辺に響きわたった。

周作は立ち上がり、靴を脱いでビーチへと出た。民家の灯が浜辺伝いに点々と果てしなく灯っていた。海と夜空の狭間で輝く家々の灯火は、まるで天の川の瞬きのように美しかった。ケイトがやってきて、ダイヤモンドヘッドの方まで歩けるそうです、と告げた。家々を区切る柵が浜辺伝いに幾重にも連なっていた。ちょっと歩いてくる。周作はケイトに言い残して歩きはじめた。夜風に当たっていたかった。しばらくして気配を感じて振り返るとすぐ後ろにケイトがいた。

「一緒に歩いても構いませんか」

周作は微笑んだ。ケイトも微笑むと小走りで周作のすぐ真横に並んだ。少し歩くと、近くに住んでいる老夫婦とすれ違った。彼らは仲良く腕を組んで歩いていた。すれ違いざま、周作は二人に、微笑みを投げかけられた。慌てて片頬に笑みを拵えた。

海風が周作の頬をさらう。小枝との結婚を真剣に考えていた頃、彼女の実家があった鎌倉の浜辺を並んで歩いたことがあった。周作はまだ二十四歳になったばかりであった。

「一緒になってくれますか」

言うと、小枝は、はい、と一言返事をしただけであった。周作は小枝の顔を見ることもなかった。ただその気配だけを静かに感じていた。打ち寄せる波が足元を濡らしたが、周作も小枝も波を避けようとはしなかった。昭和十六年五月、二人は結婚した。その秋、周作は鹿児島航空基地への配属が決まった。日本が真珠湾を奇襲攻撃する僅か三カ月前のことである。

奇襲作戦のひと月前、身ごもった知らせを受けた周作は一泊の日程で小枝のいる鎌倉の実家へ戻った。二人は再び鎌倉の海岸を歩いた。並んで歩いているつもりであったが、いつも小枝は周作のやや後方を歩いていた。周作も小枝の腕を引っ張ったりはしなかった。腕を組んで歩くことなど決してなかった。歩きづらい砂地で周作が小枝の肘を支える程度。それでも周作は小枝を間近に感じていた。ぴったりと寄り添っているように小枝の存在を強く感じていた。

ばしゃばしゃという水音がして、ケイトが海に向かって走りだした。健康的な足首が仄かに暗がりの中に浮かび上がった。水しぶきが周作のズボンにかかる。腰まで水に浸ると、突然ケイトは泳ぎだした。周作は驚いたが、暗い海の中から笑い声が聞こえたので、追いかけることはしなかった。ケイトが海面から手を振った。月光がケイトの腕を白く輝かせている。

「星が出てます」

ケイトの声に導かれて頭上を仰ぎ見る。どっぷりと暗い夜空のそこかしこに、輝く美しい星々が浮かんでいた。

21

周作、ねえ、どうして帰ってこないの。もう今日は終わってしまうじゃない。あと五分で今日は終わるわ。

あなたっていう人は本当に理解できない。いったい私はどうしてこんな人と今までずっと寄り添って生きてきたのかしら。どうして今までこの愛がそもそも間違いだったと、もっとはっきりと疑ったりしなかったのかしら。私の一生って誰のもの？　今からでも遅くないということはないのかしら。やり直せるかもしれないじゃない。まだ五十歳をちょっと超えたばかりだし、この日記も、古いものが終わり、今日という素晴らしい日をきっかけに、新しく書きはじめたところだし。ここらであの憎きあんちくしょうをぎゃふんと言わせてみるのも素敵じゃない。でなければ私はきっと一生をこのまま終えてしまうことになる。折角、神様にこの世に生を頂いておきながら、無駄に終わらせてしまうことになる。一生、周作の面倒を見て、一生周作に振り回されて、自分を我慢して終わる。そんな馬鹿げた人生をなんで望んでしまったのかしら。

いいえ、最初は確かにそれに憧れ、それが素晴らしいことだって思って生きていた。女という生き物は男の人に寄り添い、その人を支え、その人が立派になるのを陰から見守って生きてこそ花なのだって、なんとなくそんなふうに勝手に思い込んできた。私の母もそうだったし、学校でもそんなことを教わったし、妻とはこうあるべし、という鑑《かがみ》のような存在になるんだって、結婚した時は思ったもの。正直、そう思えることが幸せだった。

でもいつの頃からだろう。これでいいのかなって考えはじめるようになった。戦争が終わって、世の中が変わったせいもあるだろう。周囲の女たちは確かに変わった。いろんな運動をする人も現れたし、すごいことだけど、男女平等なんて言葉も出てきた。でも私は周作と平等になりたいなんて思っているわけではないの。ただ、あの人にもっと目に見える形で愛されたいし、あの人の傍に私がいるからこそ、俺はやっていけているんだって言わせてみたい。

まるで召使いのような存在としてあの人の傍にいるというのはたまらなくいやなだけ。それでも、愛されていればいいって思っていたのは事実。私があの人に嫁いだ時、私はこの人のために生きようって決めた。あれは今も嘘ではない。でしゃばらず、あの人を陰で支えて生きていこう、と決めた。実際そうできて嬉しかったし、幸せだった。ただ、私が今少しだけ望んでいるのは、分かりやすく言えば、感謝の気持ちが見える形でほしいということ。どんなに私が尽くしても、あの人は、ありがとう、をただ一言も口にはしない。それが男らしいと思い込んでいるような節がある。時代は変わったし、もう戦前じゃないんだから、私も一人の女として見てほしいの。子育てに明け暮れ、炊事洗濯をこなし、周作があっちこっちで起こす揉め事——昨日だって駅前で大暴れし、茂久と一緒に交番まで引き取りに行くことになって、そんな一生でも、たった一言、感謝をされれば私だって一時の幸福を覚えるもの。

結婚記念日も私の誕生日さえも忘れてしまうことがある周作を、私はどうしても不信な目で見てしまう。酔っぱらって帰ってきて、シャツにどこかの女の香水の移り香を付けてきて、問いただすと覚えてないの一点張りで、それでもしつこく責めると、テーブルは引っ繰り返すし、俺のことが信じられないのかって暴れだすし、ねえ、私は何？　やっと戦争の傷痕《きずあと》からこの日本が蘇生《そせい》して、どうにか暮らせるようになって、景気だってよくなってきたというのに、私だけがまだ戦前や戦中を背負って生きなければならないの？

私はいや。私だって人間だし、私だって女だもの。五十は過ぎたけど、まだまだ愛されたい。ありがとう、お前のおかげで俺は生きてこられたって、ただ一言でいいから言われてみたい。

周作と結婚して本当によかったのかしら。初恋の徳ちゃんと結ばれていたらどうなったのかしら。周作が現れる前まではずっと徳ちゃんと一緒になるものだって思っていた。徳ちゃんは優しかった。いっつも一緒に学校に行き、いろんな相談に乗ってくれた。面白いことを沢山話してくれて笑みが絶えなかった。どこからか周作が現れて、この人だって思っちゃったのがそもそもの間違い。でも最初に好きになったのは私の方じゃない。父が周作に惚《ほ》れ込んでしまって、気がついたら縁談になっていた。徳ちゃんのところとうちとは遠い親戚筋にあたっていたし、法律的にも徳ちゃんとの結婚は難しかったんだと思う。

でももし徳ちゃんと生きていたらって想像してしまうのは仕方がないことでしょ。私にだって想像する権利くらいあるでしょ。結婚記念日や誕生日を忘れられてしまったのだから、それくらいの反抗は許してもらえるでしょ。

徳ちゃんのお嫁さんになっていたら、きっとこんな苦労はなかっただろうな。お誕生日は毎年盛大にやってもらえただろうな。でも、これも縁ね。徳ちゃんとは縁はなかった。

もう考えるのはよそう。考えると悲しくなる。べつにいいじゃない。結婚記念日なんて、終戦記念日みたいなものだし、誕生日は敬老の日だって思えばいい。そうよ、歳を重ねてももう嬉しくないから、きっと周作は私のことを思って誕生日を忘れてくれているんだわ。誕生日は敬老の日。老いていく日よ。そんな日をお祝いしてもらっても嬉しくなんかないもん。周作の思うとおりね、はい、お終《しま》い。ああ、沢山愚痴を書いた。珍しく酔ったからペンも走った。心も走った。

茂久にも子供が生まれて、もう私はおばあちゃんだし、馬鹿なことはできません。これからは孫のために少しは生きることにしよう。孫は可愛い。孫が元気でいてくれればそれで今は十分に幸せ。茂久の嫁も、邦久の嫁も、現代人だからいろいろとあるけれど、でも彼女たちには私のような一生は送らせたくないから、あまり細かいことは言わないことにしているの。ただでさえ、周作が厳しいから、せめて私だけでも彼女らを解放させてあげる立場にいないと。日本は変わる。日本の女も変わらなければ。三つ指ついて、三歩さがって、というのは終わりにしましょう。でしゃばることはないけど、存在は消せないのだから、夫の横にでんと構えていてほしい。私はそう教えてあげるつもり、あの若い妻たちに。

ながながとくだらない愚痴を書かせてもらいました。日記さん、ごめんなさい。まだ新しい日記がはじまったばかりなのに、すでに最初から愚痴だらけ。いやになっちゃう。周作は今日も遅いだろうから、私は一足先に寝させていただくことにします。おやすみなさい。そしてお誕生日おめでとう、小さなわたし。

22

朝食の準備ができたと仲居さんが起こしに来た時、早瀬だけがまだ布団の中にいた。栗城が、めしだぞ、と誘ったが、いらん、と低い声が床を這うように返ってきた。

「昨夜《ゆうべ》の葉巻にあたった。気分が悪い」

早瀬は布団から手だけを出して、二人に振ってみせた。仕方ないな、と周作は微笑み、

「お前の分も食べておいてやる」

と潑剌《はつらつ》とした声を残した。

食堂にはラジオ体操を終えた従業員たちが集まり、賑やかに朝食を摂《と》っていた。日本から来ているという仲居さんが、早瀬さんはどうしたのかね、と訊いた。昨夜《ゆうべ》飲みすぎたみたいだね、と栗城が言うと、にぎり飯でも拵えときますか、と歯を光らせて微笑んだ。

ジョンが走ってきて、珍しく周作に抱きついた。ジョンは周作の目を見て、グッドモーニング、と子供らしく元気に挨拶をした。ただそれだけのことだったが、周作は嬉しかった。孫のアンジュに、おはよう、と言われることは滅多にない。膝の上になど乗ったこともない。傍にいるのに、孫も嫁も、違う次元で生きているような顔をしている。

ジョンは食堂を見回していた。早瀬を探しているのだろう。周作が英語で、まだ寝ているよ、と言うと、僕が起こしてくる、と言って走りだしてしまった。仲居さんが止めようとしたが、すばしっこいジョンは仲居さんの腕の間をすり抜けて、バンガローハウスへと通じる薄暗い廊下の中に消えた。いいですよ、もう起きないと、と栗城の笑い声が弾けた。

ジョンが出ていった戸の向こう側から入れ代わるように浅黒い顔の庄吉が現れた。前日の気さくな雰囲気が一変して、何か決意したような硬い表情で周作を見ていた。数秒の間だったが、その僅かな時間に、庄吉は周作を見つめながら、自問しているような躊躇《ためら》いを眉間に刻んでみせた。

「あんたら時間はあるかね」

庄吉は挨拶もそこそこに周作にそう訊ねた。ああ、もう真珠湾も見たし、他にこれといった目的もないから、と周作が身構えて戻すと、じゃあ、食事が済んだら付き合ってほしい、と言った。声が緊張気味で、まるで喧嘩《けんか》を売っているようにも感じられる。雰囲気を察知して、ケイトが後ろから、どこに行くんですか、と庄吉に訊ねた。

「牧場。見せたいものがあるんだ」

ジョンに叩き起こされた早瀬が、一人遅い朝食を済ませるまで、一同は駐車場で待機した。庄吉のトラックに全員は乗れないので、ケイトのワゴン車を出してもらうこととなった。学校が休みなので、ジョンも付いてくることになり、馬に乗れる、と少年ははしゃいだ。ジョンのはしゃぐ顔とは対照的に庄吉の表情はずっと強張ったままであった。早瀬を待っている間も、遠く真珠湾の方をじっと見つめて、黙っていた。煙草を吸っているが、口に付けたのはほんの最初の一、二回程度で、手元まで灰になっていた。何かを躊躇っているような、落ちつかない素振りが周作は気になって仕方がなかった。

フリーウェイのＨ２を飛ばしても、牧場までは二時間を要した。ケイトが運転するワゴン車で、塗装もすっかり剝《は》げ落ちた旧式のトラックを追いかけた。三十分も走ると、対向車さえ見当たらなくなった。ホノルルや真珠湾のイメージばかりが際立つオアフ島の本当の姿とはこういうものなのだな、と周作はサングラス越しに荒涼とした島の景色を見ながら思った。野性の高木が群生する林を抜けて、ワイアナエ山地を左手に見ながら、荒野のような台地を抜けた。そこには、ワイキキの喧騒とは別世界の南国の景色がどこまでも続いていた。

当初の目的であった真珠湾を見たことで、三人には差し当たっての目的もなくなり、牧場に面した長閑な海辺でのんびりするのも悪くないのでは、とのケイトの提案を受け入れる形となった。

「また違ったハワイがここにはあるね」

早瀬も栗城も口数が少なかった。三人はぼんやりとまどろんでいた。周作は目を細め、熱帯の風を顔で受け止めた。一昨日アリゾナ記念廟で感じた戦後の意味は、すでに今日、過去のものとなりはじめていた。リチャードやウイリアムとの和解ムードの語らいも、自分の中の戦争を完全に終わらせることができたわけではなかった。何かがまだ周作の心の底で燻《くすぶ》りつづけていた。その燻りをごまかすことはできない、と周作は思った。ごまかしつづけてきたのがこれまでの人生であり、流されつづけてきたのがこれまでの生き方であった。今はそれらに決着をつけたかった。

フリーウェイを下りて、車は民家さえない農道を進んだ。どこまでもまっすぐに続く道をがたがたと揺られながらしばらく進むと、海が遠くに見えた。海岸線をさらに走るとやっと牧場らしい場所に出た。なだらかな斜面を牧草地として利用していた。

「一世がここら辺に渡った時は、ボスはオランダ人だったの」

ケイトの顔を風が洗う。乱れた髪の毛が舞う。風の音に混じって彼女の声が周作の耳に届いた。ケイトが後ろを振り返った。周作も一瞥《いちべつ》した。後部シートで早瀬とジョンは寝ている。栗城がジョンの身体を両腕で摑んで、シートベルトの代わりをした。

トラックとワゴン車は牧場の敷地へと続く、西部劇風の、木で組んで作った入り口を入り、家畜たちが群れる脇を通過し、斜面の突き当たりに位置する庄吉の牧舎へ到着した。サイロの横に、彼が住んでいると思われる母屋があったが、トラックはそこには停まらず、母屋の裏側へと走り抜けていった。おかしいわね、どこへ行くのかしら、とケイトが英語で自問するように呟いた。牧場の裏手には、さらに細い道が斜面を下って海岸まで続いていた。トラックが一台、漸《ようや》く通ることができる道幅。突き当たりの、海岸縁《べり》の、路肩でトラックは停まった。

庄吉はトラックから降りると、両手を振り上げて、同じ場所で停まるように、と合図を送った。ケイトは車をトラックの後ろにぴたりと停めた。

周作は光の降り注ぐ牧草地に降り立った。すぐ目の前は海岸だった。ここからは歩く、と庄吉が声をあげた。眠そうな早瀬が栗城に支えられて、眠かあ、とか、きちい、とかぐずぐずと文句を言いながら降りてきた。ケイトはジョンの手を取り、その後に従った。

海辺のすぐ脇に横たわる牧草地との境界――まるでちょっとした砂丘のような砂地を、さらに一行は歩いた。道なき道を十五分ほど進むと、突然、人工的に整備されたと思われるまっ平らな道が出現した。不自然なほどにその道は幅があった。トラックが二台ほどすれ違うことができる広さである。

三百メートルほどの道の先には、熱帯の高木バニヤンツリーが群生する見事な林があった。高さが三十メートルはあるだろう、その一番手前のバニヤンツリーの下に、大きな倉庫のような建物がくくり付けられるような恰好で建っていた。建っているといえるほど立派なものではなく、柱の代わりに二本のバニヤンツリーが使われており、建物全体に、蔦《つた》なのか、細長い蔓《つる》が絡まっている。まるで海賊の隠れ家のような、怪しげな不気味さがあった。

「俺のパパがこれを建てた」

庄吉は自慢するでもなく、ぽつりと呟いた。

「これをパパが建てた時、俺はホノルルで働いていた。だからこれの存在を知ったのは、俺がヨーロッパ戦線から帰還した一九四六年のことになる。はじめてこれを見た時にはあまりの驚きに声も出なかった。もし誰かにこれが見つかったら、と俺は、この存在のことで、何年もの間まともに眠ることができなかった」

庄吉は建物まで大股《おおまた》で歩いた。相変わらず背筋はしゃんと伸びていた。正面に辿り着くと、こっちに来るように、と全員に合図を送った。周作が先陣を切った。早瀬と栗城が後に続いた。ケイトはジョンの手を握ったまま動こうとはしなかった。庄吉は微笑むと、建物の前面に位置する大戸の前に立った。浅黒い顔の中ほどで三白眼の白い部分が生き生きと輝き、眩い光を放っていた。

「でもパパは、これは自分の責任でやったことだから、お前は知らなかったことにしとけ、と平然と言ってのけたんだ。その時はどうしていいものか正直困ったよ」

庄吉はそう言い切ると、力を込めて大戸を引き開けた。ギイイイ、という物凄い音がして、巨大な戸がゆっくりと開いた。金属と金属が擦れる、その辺りには全く相応《ふさわ》しくない響きであった。光が、暗い建造物の内部へと吸い込まれていくように注いでいる。大戸は怪物の口だった。バニヤンツリーが古代の怪物さながら、激しく息を吸い込んでいく。今、まさに怪物が目覚めようとしているような迫力であった。

ゆっくり、ゆっくりと光が呑み込まれていった。同時にその奥の闇に眠るものが輪郭を持ちはじめた。薄い光の幕が怪物の中に眠る物体を包み込んでいった。きらりと何かが光を放った。靄《もや》がかかるバニヤンツリーの袂《たもと》に、金属的な輝きが走った。

大戸が開きだすと同時に周作らは言葉を失い、その場に立ち竦んだ。日本から来た、かつての神風飛行士たちは、その老いた目を執拗《しつよう》に凝らさずにはいられなかった。

うわあ、とまず声を出したのは三人ではなく、ジョンだった。ジョンはケイトの手を離れ、牧草の上を、九七式三号艦上攻撃機に向かって走っていった。

「どういうことだ」

と栗城が声を出した。聞き逃しそうなほどにか細い声である。周作は目を見開いたまま、立ち竦んで動けなかった。

「どういうことだ」

栗城が大声を張り上げた。早瀬が口を開いたまま、周作を振り返った。早瀬は言葉を紡ぐことができずにいた。時間がそこでまどろみ、蕩《とろ》けるように停滞した。

周作はやっと最初の一歩を踏み出した。川を歩いて渡るような重い抵抗、とでもいうような圧力を受けつつ、ゆっくりと大股で歩いて九七式艦攻のもとまで辿り着くと、胴体を見上げた。光を受けて鈍色《にびいろ》に輝く九七式艦攻は、五十年の風雪も感じさせない威風堂々とした姿をしていた。

「いったい何が起こった？」

周作は漸く一言吐き出したが、その口は開ききったままで、身動きも、瞬《まばた》きさえもできないほどの驚きに包み込まれていた。うっすらとかかった靄の中に、次第に、鮮明に、九七式三号艦上攻撃機の金属的な輪郭が浮かび上がっていった。太陽光線が差し込むにしたがって、靄が少しずつ雲散し、その輪郭がいっそうはっきりとしてきた。エンジンナセルと風防ガラス付近までは真っ黒な塗装が施されていた。腹部のジュラルミンが冷たい輝きを放ちはじめた。主翼の腹に真っ赤な日の丸が染め抜かれていた。

「いったい何が起こったんだ？」

周作はもう一度、声にした。子供らしくジョンがタイヤの上に乗って遊んでいる。早瀬と栗城、それにケイトが口をぽかんと開けたまま近づいてきた。周作の手がやっと動き、その胴体に触れた。ひんやりとした鉄の感触が、半世紀を生き長らえた飛行士の手に伝わってきた。

「ここに不時着したんだ」

庄吉が両手を使って、空と陸と山と海を交互に指し示しながら、爆撃機が不時着する様を説明した。

「あの日、海の方からこの牧草地へ突っ込んできた。ここの牧草地は凸凹が少なく不時着するには絶好の場所だったことは間違いない。海からここまで続く道は、戦後、パパと二人で不時着コースに沿って拵えてみたんだ」

庄吉の声も興奮気味であった。手の先端も震えている。

「そしてここで、丁度、バニヤンツリーの林に機体が突っ込む形で止まった。バニヤンツリーのせいで、上空からは発見しにくい場所で止まっている」

早瀬が尾翼を覗き込み、そこに描かれた黄色い指揮官機標識記号を確認した。これは、田部大尉の機たいね。ほら、砲撃を受けて墜落したっちゅう報告があったろうが、と興奮した声で叫んだ。ああ、そうだった、と栗城が声をあげた。間違いない、田部大尉の機だ。不時着していたんだ。

「パイロットはどうした？」

周作が庄吉を振り返った。庄吉は格納庫の裏手を指さした。早瀬と栗城が小走りで格納庫を出た。バニヤンツリーの下に三つの墓標がひっそりと並ぶように建っていた。パパが発見した時には、パイロットが拳銃で自殺した後だった。残りの二人は砲撃を受けたのか、着陸の衝撃でか、一人は機内で、もう一人は外に放り出される恰好で死んでいた。

「パパは三人を手厚く埋葬し、それからすぐにこれを隠した。一晩かかって、機体を牧草で覆った。牧場までの道にも柵を作り人間が容易に近づけないような工夫をした。この格納庫はそれから三日三晩で建てたと聞いている。ママには固く口止めをして、一人で全てやったんだ。なぜこんなことをしたのか俺には理解できなかった。もちろん今でも理解できない。これを残すことが戦争の持つ愚かさを後世に伝える上で意味がある、とでも思ったのかもしれん。一度だけ、そんなことをパパが呟いたのを俺は聞いた。でも深い話はパパが生きているうちにはできなかった。なぜだろう、してもはぐらかされた。俺がアメリカ人だからかもしれない」

庄吉はまっすぐに周作の目を見つめた。

「このトーピドーボンバーを見せられた時のことは忘れられない。戦後すぐのことだったが、あんたたちが驚いた以上に、俺も開いた口が塞《ふさ》がらなかった。見つかれば捕まえられたに違いない。捕まらなくとも、戦時下にこれを隠したということで、非国民扱いされただろう。戦時中、ずっと隠していたんだ。狂気の沙汰だ。そうじゃなくても大勢の日系人がスパイ容疑で逮捕された後のことだ。戦時中は、俺たちも、日本を取るかアメリカを取るか迫られた。俺たちはアメリカ人になる道を選んだ。でもその時、パパはなぜかこれを世の中から隠す道を選んだ」

庄吉は言い終えると、格納庫の前まで歩いた。ケイトも動けず光の中にいた。庄吉がケイトの横に立ち、格納庫を振り返った。周作らは田部大尉らの墓の前から動けなかった。突然、早瀬がひとつの墓にしがみついて泣きだした。ジョンが、泣いている早瀬を不思議そうな顔でじっと見つめている。栗城が、早瀬の背中を叩いたが、すぐにはそこから離れようとしなかった。

「とにかく田部さんらの遺族に知らせないとな」

泣きつづける早瀬を見下ろしながら、栗城がぽつんと呟いた。

23

幾分冷静さを取り戻すと、周作は九七式三号艦上攻撃機の操縦席に座ってみた。操縦席に腰を下ろした後も、まだどこか夢の中にいるようであった。戦後は一度も九七式三号艦攻に乗ることはなかった。戦後十年ほどを経て、専門雑誌の取材を受けた時に、久しぶりに、何枚かの懐かしい写真を見ただけだった。

操縦席に座った途端、当時の記憶が蘇った。周作は、前半の日中戦争、太平洋戦争後期にゼロ戦などの戦闘機を操縦することが多かったが、真珠湾攻撃前後の一時期は、九七式三号艦攻の後継機の天山を含め、爆撃機を操縦し、アジア狭しと飛び回った。訓練から実戦まで、数えきれないほど、このコックピットに座ってきた。

操縦桿を握りしめてみた。掌を通して、当時の気持ちが蘇ってきた。離陸する時はいつも死を覚悟していた。操縦桿を握る時は、弓矢を引いたような緊張に毎度見舞われた。フットバーに足を掛け、操縦桿を引いてみた。肉体が勝手に反応した。ぞくぞくとした痺《しび》れが背骨を走った。記憶は薄れていても、あれだけ死と直面してきたのだ、細胞が覚えていた。続いて周作の脳裏に、旗艦赤城を飛び立ち、オアフ島へ接近した時の、真珠湾めがけて海面すれすれで飛行した時の、あの忘れえぬ緊張感が蘇ってきた。それらは何千枚ものスライド写真を一気に見せられたような、巨大な情報の交錯らしき幻影を伴った。

周作は左手の近くにある魚雷投下レバーに手を置いた。あの日も、これを押した。その時の振動、肉体の震え、あらゆる感覚、焦げたような臭い、砲火の破裂音、ウエストバージニアから昇る水柱、などを思い出した。

目の前の計器パネルをじっと睨んだ。動かない針が静かに時の流れを語っていた。航路計の横に田部大尉のものと思われる家族の写真が、当時のままに貼《は》られていた。すっかり色あせた白黒写真であったが、緊張気味の家族の顔が五十年の歳月を超えてもなお生々しく残っていた。何もかもがまるで幻のようであった。これらをどう受け止めればいいのか、七十五年間もこの地上に生を保ちながら、現実を直視することができずに周作は困惑しつづけた。

周作がコックピットから顔を出すと、翼の上にいた栗城が腕組みをしたまま、それにしても、と唸り声をあげ周作を振り返った。

「こんなに時間が経っているというのに、随分と状態がいいとは思わないか」

航空関係のエンジニアとして働いてきた栗城だけに、五十年もの歳月のわりに、保存状態がいいことに注目した。そういえばそうたい、と後部座席を覗き込んでいた早瀬が諾《うべな》った。

庄吉が下から大きな声で、そりゃあ、当たり前だ、と声をあげた。

「この五十年間、パパと俺が交互にこれを蘇らせようと修理や整備をしてきた」

「修理？　蘇らせる？」

「なんのために？　おい、まさか、こいつは飛ぶのか？」

周作が興奮を隠せず言うと、庄吉は首を左右に振った。

「俺は戦前、ホノルル空港で働いていたし、戦後は一時期、空軍の工場に勤めていたから、ある程度は整備できた。マニアってほどじゃないけど、戦闘機が大好きだったし。でも、専門的な知識はない。それにパイロットじゃないから、飛ばすことはできなかった。あんたがたがこれの搭乗員だと知って、胸騒ぎがしたんだ」

周作は今朝の庄吉の強張った顔を思い出した。でも、と庄吉は続けた。

「エンジンは動くよ」

栗城が庄吉を振り返る。

「エンジンが動く？」

「ああ、白河さん、やってみせてよ。エンジンは動くんだ。ちょっとどこかが調子悪いみたいだけど、取り敢えず、燃料を入れればエンジンは動く」

周作は慌てて操縦席に座りなおした。庄吉が遊んでいたジョンを抱きかかえて、建物の外で待つケイトに手渡した。周作は始動装置を動かしてみた。フライングホイールが回転をはじめたのが分かった。栗城が周作の傍まで上ってきた。集合排気管から煙が出た。早瀬が、ほんとたい、動きよった、と周作の背後で声をあげた。点火スイッチを捻《ひね》ると燃料が抽出され、エンジンが回転をはじめた。プロペラが高速で回りだした。大きな音が格納庫の中を満たした。ジョンが耳を塞いで見上げている。格納庫中に排気の臭いが充満し、エンジン音で、何も聞こえなくなった。

周作は振動を全身で感じながら、あまりの興奮に呼吸さえもできないほどだった。操縦席の下から突き上げるような振動が起きた。エンジンはかかったが、ガタガタと激しい振動を伴った。安全な飛行ができるとは思えない。周作は、エンジンを切り、栗城の顔を見た。栗城は言葉もなく、信じられない、とただ首を左右に振りつづけた。

光の中でジョンが、両手を広げ、戦闘機の恰好をして走り回っている。ケイトは相変わらず呆然と立ちつくしていた。

「飛ばせられるかあんたたち」

庄吉が三人に向かって叫んだ。我に返った栗城が、慌てて考えはじめた。

「分からん。飛ぶかもしれんが、なんといっても五十年が経っている。部品も交換しなければならないものが多いだろうし、とにかく見てみないとなんとも言えない」

早瀬が栗城の隣にやってきて、飛ばすつもりとだろうか、と訊いた。

「あんた分かるのかい」

と庄吉が栗城に向かって声に力を込めた。早瀬が笑顔で、こん男はメカニックばい、と告げた。庄吉が微笑み返し、じゃあ、こいつを蘇らせることができるのか、と叫んだ。

三人は、九七式艦攻を蘇らせていいものか、お互いの顔を覗き合った。戦争は終わった。静かな眠りについている田部大尉の機を再び生き返らせたら、それは戦争を見せ物にしてしまう危険性がある。彼らは語り合わなかったが、見つめ合う視線から意思は疎通した。

「これは問われているんだと思う」

周作がそう呟いた。

24

田部大尉の墓を洗い、祈りを捧げる頃には、太陽が沈みかけていた。泊まっていかないか、という庄吉の誘いを断り、夕食だけ招《よ》ばれることにした。母屋のガーデンテラスで牧場自慢の牛をバーベキューにした。庄吉とケイトが食事の準備をしている間、三人は海岸に不時着した九七式のことを考えていた。実際、どうしていいものか、三人には見当もつかなかった。夕日が水平線の彼方に沈みかけている。海面が赤々と揺れている。様々な思いが三人の胸裡《きょうり》を焦がした。

「あんたたちが考えていることが、なんとなくだけど分かるよ。そっとしておきたいんだよね」

庄吉は肉を焼きながらそう呟いたが、結論を急《せ》かすような口調ではなかった。赤ワインをケイトがグラスに注いだ。ジョンは一人で牧草地を走り回って遊んでいる。

「訊いてよかね」

早瀬が庄吉に訊ねた。庄吉は浅黒い顔の中で真っ白な歯を輝かせて微笑んだ。

「爆撃機を蘇らせてどうしようと思っとるとね」

「さあ、もう意地になっているというのかな。パパの意思もよう分からんかったし、でも事実ここにこうしてあるだろ。だからここまで頑張ってきたから、なんとか蘇らせたい。それからは、日本に返してもいいと思っているし、どこかの歴史博物館に寄付してもいいのかな、と思いはじめていた。どうせ、俺ももうそんなに長くはない。変わり者で独身だから、後継者もいない。あのトーピドーボンバーは俺にとっては恋人のような存在だし、一人にさせるのは可哀相だろ。俺が死んだらここもそれまでだ。いつまでも隠しておくことなんかできないし」

「あれの存在が世の中にしれたら、いったい何が起こるかね」

今度は、栗城が質問をした。

みんな驚くね、とケイトが言った。ジョンが早瀬の膝の上に這い上がって、庄吉を真似、棒で肉をつついた。行儀が悪い、とケイトが叱った。

「マスコミが騒ぎたてて、世界中が注目したら、ここで亡くなった田部大尉たちの魂はどうなるかな」

周作が庄吉に問うと、彼は、さあ、と首を捻った。

「せめて安らかな眠りにつかせておいてやりたいと思うのが、同じ日本人の人情というものだと思うんだが」

「田部さんらの墓はいつまでもここにあるかな。日本に戻るだろ？　それに」

庄吉はそう告げた後、俺は日本人じゃない、アメリカ人だ、同じ日本人と言われても困る、と呟き微笑んだ。

「俺の親父は日本人だった。だからパパはこれを咄嗟《とっさ》に隠したのかもしれん。でも戦後は悩んでいた。どうしたらいいものかってね。俺は世の中に戻すべきだ、とパパに言った。ここにいつまでも隠しておくことはできないとね。ママが死んで、パパが死んだ。アメリカ人の俺としては、ハワイの歴史的意味を考慮し、これを公表して、二度と戦争を起こしてはならないというシンボルにしたいんだ」

三人は苦々しい顔を隠さなかった。

「アメリカ人といっても、あんたは日本人の血を受け継いでいるじゃないか。元は日本人だろ」

栗城が多少すっぱい口調で返した。庄吉はぷいと立ち上がると、母屋の中へ引っ込んだ。再び戻ってくるなり、三人の前に一枚の記念写真を差し出した。何百人という日系人の兵士が写っているモノクロの写真である。しかし彼らが着ている軍服はアメリカ陸軍の制服だった。

「一世以外の俺たち日系人は、日本のことを親の国だと思っている。ここで生まれてここで生きなければならない宿命を背負った俺たちの母国はアメリカなんだ」

庄吉はステーキをナイフとフォークで上手に捌《さば》いてから口に放り込み、もぐもぐと嚙みながら、呟いた。

「Why is my loyalty questioned?」

ケイトと周作だけが理解できたが、さらに深い意味について、周作は理解できなかった。

なぜ我々の忠誠心は疑われているのか、という意味だよ、と庄吉は説明した。

「あんたたちが奇襲作戦を行ったことで日系人はスパイと見なされた。リーダー的な指導者たちは全員、強制収容所へ入れられた。どんなにアメリカに対して愛国心があっても、日本人だと烙印《らくいん》をおされた。当時この島の人口の四分の一は日系人だったが、その多くが自分たちの居場所を失いかけていたんだ。それで俺たち二世は集まり、戦争へ行こうと決めた。戦争へ行って、自分たちの忠誠心を見せつけようとした。ヨーロッパ戦線で活躍することになる442部隊がそれだ。数千人もの日系人が志願し多くの人間が参戦した。軍の配慮で我々が日本と戦うことは避けられた。俺もバルジ作戦や、ノルマンディ作戦に参加したんだよ。アメリカ人としてね。日本ではあまり知られていない事実だ。ハワイにやってくる日本人観光客のほとんどがそういう事実を知らない。どこにどういうブランドショップがあるのかはよく知っているがね」

　庄吉が苦笑いをし、続けた。

「で、あんたらは、いや、多くの日本人観光客たちは、俺たちを摑まえて、元は日本人だろ、という。今ミスター・クリキが言ったように、だ」

　栗城は俯き、小声で、すまない、と謝った。いいんだ、と庄吉は栗城の肩をぽんぽんと叩いた。

「確かに元は日本人だものな。日本のことは好きだ。親の国だし、そういう教育を受けた。家には神棚があり、天皇の写真が祭られていた。今もあるよ、記念にとってある。孝行とか、恩とか、忠義とか、恥とか、そういう精神を学んだよ。それは素晴らしいものだと思う」

　ケイトが周作の方を見て、口を挟んだ。

「パパと庄吉さんに、我慢という言葉の意味を習ったのよ」

　周作は庄吉に、ｑｕｉｅｔ　ｅｎｄｕｒａｎｃｅと呟いた。庄吉はにこりと人懐っこく微笑み、諾った。

「あんたたちの立場は分かる。でも俺はアメリカ人と日本人の間を生きた者として、戦争の意味をいっそう深く感じているんだ。戦争を風化させたくないんだよ」

三人はお互いの顔を見つめ合い、それからすっかり暮れてしまった海へと視線を戻した。quiet enduranceという言葉の意味が周作の心に静かに降り注いでいた。

25

帰り道、栗城と早瀬は後部シートで、ジョンは助手席に座る周作の膝の上で眠った。真っ暗なH2フリーウェイに、ケイトが運転するワゴン車の灯だけが前方をうっすらと浮かび上がらせていた。

「あの人は日本から来た会社員なんです」

周作は、後部座席の二人がちゃんと寝ているかを確認した。

「最初はとっても優しい人。でも最近は、なにかといえば、ジョンのこと持ち出す。私がバツイチ？　で、しかもコモチ？　でしたか、だから、親に反対されているって。だったら最初から結婚なんか口にしなければいいのに。随分と相手の気持ちも考えて、quiet enduranceしたんだけど、ジョンを前の夫に引き取ってもらって一緒に日本に来ないかって言われたね。堪忍袋の何が切れると言うのでしたっけ。とにかくそれで切れて。我慢をやめることにしたんです。いったい私、何に我慢していたのか、分からなくなってしまいましたね。あんまり情けないことを言われたので、私、もう結婚しなくていいよって言ったら、すごく怒りだして。それとも我慢が足りなかったの？　こういう場合、日本の女性ならどうしますか？」

ケイトは大きな目をくりくりさせて周作を一瞥した。周作は小枝のことをまた思い出してしまった。別れちゃえよ、と周作は言った。我慢は？　とケイトは返す。もう十分に我慢したんだろ、と周作。でも、それでいいのかな。

「ケイトはその男のことをどう思っているんだ？　愛しているのか？」

ケイトはすぐには返事をしなかった。しばらく悩み、そうね、愛していたけど、と言った。今は少し未来が不安です。だって、もう失敗したくないから。

「ああ、その方がいい」

「自分だけを最後まで愛し抜いてくれる人に出会いたい。お金持ちじゃなくてもいいし、ハンサムでなくてもいいの。何があっても私を包み込んでくれる人だったら」

小枝も同じようなことを言った。周作はそうしてきたつもりでいた。でも小枝はどこかで不満だったのだ、と周作は思った。

「私はまだ彼のことを理解しきっていないんでしょうね。どうしたらいいんだろう。日本の女性は我慢が上手なんでしょう？」

ケイトの悲しげな横顔に小枝の面影が重なる。

「昔の人はね。今の若い人はあまり我慢はしないみたいだよ。アメリカ人と一緒だよ。日本も変化した。男女の差もなくなってとても自然だと思う。自由になった。男とか女とかの差はなくなってきたよ。その分、君の彼氏のようなちょっと軟弱な奴も増えたけど」

周作が苦笑すると、ケイトは、ふーん、と小首を傾げた。

「でも私、昔の日本人の考え方は好きなんだけどな」

まっすぐに続くフリーウェイがヘッドライトの灯で浮かび上がっていた。後部シートから早瀬の鼾が聞こえてくる。

「なあ、孝行のことは英語でなんと言う？」

「ｆｉｌｉａｌ ｐｉｅｔｙ」

「そうか。なるほど。じゃあ、恩は？」

「ええと。ｄｅｂｔ ｏｆ ｇｒａｔｉｔｕｄｅかな」

「ｈａｎｄｓｈｉｐじゃないんだね」

「そうですね。我慢と一緒で、もっと日本語って深い意味があるから。訳すのが難しいの。恥はｓｈａｍｅでしょ。義理はｓｅｎｓｅ ｏｆ ｄｕｔｙ。仕方がない、はａｃｃｅｐｔ・ａｎｃｅ ｗｉｔｈ ｒｅｓｉｇｎａｔｉｏｎ かな」

「仕方がないか。変な日本語だ」

周作は笑った。ケイトは笑わなかった。でも、仕方がない、という日本語は一世たちの日常を支えていたよ、と呟いた。過酷な労働と、故郷を離れた寂しさの中で、口にした言葉なのだろう、と周作は想像した。

「頑張る、はｐｅｒｓｅｖｅｒａｎｃｅ。私の一番好きな日本語です」

今度はケイトが笑った。周作は笑わなかった。ハワイで出会った一人の若き日系女性の中に、自分が愛した日本の古き良き精神が残っていることに驚きながら。

26

「夏の家」にワゴン車は到着した。車が駐車場に入り、ケイトがエンジンを切って、ドアを開け、一歩降りた途端、反対側に停車していた車がヘッドライトを灯した。ケイトを直撃するような眩い光であった。光源の中から男の影が現れた。

「ケイト！」

後部シートで寝ていた早瀬と栗城が起き上がり、寝ぼけた顔で外をぼんやりと眺めた。周作は、昨晩の男だ、と直感し、ジョンをシートの上に横にさせると車の外に出た。

「ちょっと付き合ってくれ。話したいことがある」

「今はダメ。まだお客さんと一緒だから」

「僕と客とどっちが大切なんだよ。君は自分の一生を台無しにするつもりかい？」

「台無しにはしない。ちゃんと河野さんと話し合いたい」

「じゃあ、今から僕の家に行こう。そこでゆっくりと話し合うんだ」

男の声は上擦《うわず》っていた。興奮が伝わってくる。刺激してはならない、と周作は車の陰から様子を見ることにした。窓を開けて、早瀬が、どぎゃんした、と訊いてきた。周作は、肩を竦めてみせてから、若い頃はいろいろとある、と小声で返した。

河野という男はケイトに近づいた。ケイトは周作の方を一瞥したが、決意し、頑強に男と向き合った。早瀬と栗城がドアを開けて、助手席側に降り立った。きつかなあ、と早瀬が言った。ああ、と周作は応えたが、ケイトのことが気になって仕方がなかった。ケイト、と声がして、佳代が「夏の家」の裏門から出てきた。三人での話し合いとなった。女将の小言が続いた後、ケイトは男の車の助手席のドアを開けた。女将が三人の元へゆっくりと歩いてきて、

「まったく。近頃の若い者の考えは分からない」

と呟くなり、ワゴン車の助手席で寝ているジョンを抱きかかえた。男の車は昨晩と同じように急発進をして、ケイトを乗せたまま駐車場を出ていった。

「大丈夫ですか、行かせて」

周作は走り去る車のテールランプをじっと目で追った。

「ケイトはもう大人だから。自分で自分のことは考えるでしょう。私は反対も賛成もしません。ただ相手の子は、いいとこのお坊っちゃんなのね。普段はおとなしいんだけれど、最近はなんか血走ってて怖い」

周作は一昨日の晩のことを佳代に話した。出すぎた真似をしてしまいました。

「お怪我はありませんでしたか？」

「いいえ、私の方は別に」

栗城が、白河は合気道の師範だから、と笑った。早瀬が、でも心配ったいね、と呟いて、ため息をついた。

「最近の日本の若者はなんか限度を知らない。命の有り難みとか、相手の気持ちとかを考えない奴が多い。自分中心というのか。自由と自分勝手を混同しているというのか」

「大人のふりした子供ばっかりたい」

「ケイトの前の夫はアメリカ人だったの。悪い人じゃなかったけれど、ジョンが生まれてすぐに別れた。ちょっと暴力をふるう人だったので、裁判沙汰にまでなって。こっちではドメスティックバイオレンスといって、とても問題になっているんです」

「どこの国の若者《わっかもん》も一緒たいね」

と早瀬が言った。

「ハワイは物価が全米一高いの。なのに給料は低いでしょ。だから共働きが多いし、それにね、昼と夜と二つの仕事を掛け持ちしている人も沢山いるの。ケイトと彼女の前夫、フレッドというんだけど、彼もそうだった。貧富の差が激しいから、アルコールに依存したり、麻薬中毒になる若者もあとを絶たない。フレッドも、そっちに走ってね。ケイトは誰に似たのか我慢強い子だから、私には弱みを見せなかったのね。今回もそうでしょ。自分で解決しなければと思って、河野君と出掛けたんだと思う」

女将はジョンの額の寝汗を掌で拭った。

「ケイトは暴力を受けた日に、ジョンを連れてシェルターに逃げ込んだの」

シェルター？ 栗城が繰り返した。

「ドメスティックバイオレンスから逃げ出してきた家族を匿《かくま》う施設のこと。正式には、なんていうのか。シェルター・フォー・アビューーズとかセーフハウスとかいうわね。うちには絶対に逃げて戻ってこなかった。親に頼りたくなかったって後で言っていたわ。でもフレッドの暴力は収まらず、その人は今でもカウンセラーに通っているけど、ますます酷くなるばかりだったのね。離婚してもう四年も経つのに、最近でも時々、物乞いするみたいにケイトを訪ねてくる。日本人の会社員と付き合いだした時は、よかった、と思ったの。日本で暮らせば、フレッドからも離れられるって。ところが、そうは問屋が卸さなかった。河野君はまるで小学生みたいなところがあってね、あれじゃあ、フレッドと変わらない」

「しっかりした若者もいるんだけどな」

栗城が嘆いた。

「でもそういう社会にさせてしまったのは、もしかしたら俺たちのせいなのかもしれん。精神まで捨ててしまうことはなかった。誰が悪いとか、何がダメだとか、今の俺には分からん。ただケイトには幸せになってもらいたい」

周作は空にかかる月を見上げ、そう呟いた。

27

日本の女性は我慢が上手なんでしょう、と呟いたケイトの言葉が、眠りに落ちるまで周作の耳に谺していた。

周作は鞄から小枝の日記を取り出し、捲った。小さく神経質な文字で、びっしりと埋められたページを覗き込んだ。耐えるという漢字が目に留まった。耐えるという字が幾つも幾つも、模様のように、描かれていた。小枝はずっと耐えていた。何に耐えていたのだろう。ケイトの恋人の顔が周作の頭に浮かんだ。周作は、自分もあの青年のように自分勝手で相手のことをちゃんと見てやっていなかったというのだろうか。こんなに苦しくなるのなら、生きている間にどうしてもっと幸せにしてやらなかったのだろう、どうして小枝の苦悩に気がついてやらなかったのだろう、と悩んだ。

この後悔を、俺は死ぬまで持っていくのだ。周作は奥歯を噛みしめた。後悔しても後悔しきれないものがある。目の奥が僅かに赤くなるのを隠した。寝ている早瀬と栗城に悟られないよう、枕でそっと涙を拭った。

昭和五十五年二月十三日

耐える。耐える。耐える。耐える。耐える。

周作は私が優しくするのを嫌がる。何か悩み事があるのは分かる。でも相談してくれればいいのに。古い日本人的な気質が残っていて、そのせいでか、仕事のことでさえ妻である私にも内緒にする。一度、どうして悩みがあるのなら話してくれないのか、と訊いたことがあった。でも、そんなことはお前や子供たちに話すことではない、とつっぱねられた。後で、働いていた会社が倒産しかかっていて、給料が出てないということを知らされた。その時はどこからか金の工面をしてきて、毎月給料を受け取ってきたような偽装をしていた。どこでその金の工面をしてきたのか、私は心配したが、結局、そんなことはお前が心配することではない、といっそう怒られてしまった。

でもね、周作。私はあなたの妻でしょ。あなたがそんなに大変なら、話してくれたっていいじゃない。昔気質《むかしかたぎ》で生きるのもいいけど、本当に苦しい時は支え合うのが夫婦でしょ。じゃないと私は自信をなくしてしまうし、あなたが私を認めていないと思ってしまう。辛いのよ。どこかでいつも拒絶されているような気がして仕方がない。

あなたが男というものをことさら意識して生きてきたのは分かる。でももうそういう時代じゃない。これからは夫婦で助け合って生きる時代でしょ。何事も夫婦で乗り越えていく新しい時代じゃない。あなたが昔気質で頑固に生きていくのを否定はしない。でも周作、あなただって人間だもの、泣きたくなる時はあるでしょ。それを私にも見せて。あなたが泣いたら、私はあなたを慰めてあげたい。慰めることが私の役目だから。それを少しも見せないなんて、そんなのかっこいいこととは違うわ、男らしいこととも違うのよ。私は本当に愛されているのかなって疑ってしまう。ねえ、周作。そうでしょ。寂しくて仕方がないわ。私は子供の面倒だけ見てればいいなんて、酷いじゃない。子供の面倒だって一緒に見ましょう。そして全てにおいて半分半分支え合いたい。もう戦争は終わったんだし、時代は変わったんだから。これから二人は老後に突入する。そしたらもっともっといろんな問題が生まれてくるじゃない。生きていく上でもっと本質的な問題が生まれてくるわよ。それを、手を取り合って一緒に乗り越えていこう。乗り越えていかなければ私たちは幸せになれないのよ。頑固な、恐竜のような周作。昔ながらの倫理観で生きて、きっとあなたは絶滅するんだわ。生きにくいでしょ。いつもいつまでも戦闘機乗りの頃の精神を持ち歩いて。その時代の一本気だけで生きて。もうあなたはとっくに化石のような存在になっているのに。だから、周囲としょっちゅうぶつかって、この間みたいに若いパイロットを殴りつけて、相手に怪我をさせ、結局、また別の会社に移らなければならなくなって、それでも頑固だけは譲らなくて、一人で酔っぱらって。どこかの飲み屋の女に慰められて戻ってくるあなたを、私がどんな思いで待っているのか分かっているの？　あなたの一番の理解者はここにいる。この私が戦前から現在までずっとあなたを支えて生きてきたんじゃない。

優しさをいつ受け入れてくれるつもり？　周作、それは敗北じゃないのよ。あなたは私を受け入れてもっと強く大きくなって。でも、私の意見なんか必要ないのよね。私はあなたの後ろをくっついていけばいいのよね。子供たちの面倒を見るベビーシッターでいればいいんでしょ。それが夫婦なの？　仕事がなければ私だって働くわ。私が働きに出るのは我が家の恥なの？　恥は全て、戦争とともにあの時、捨てたでしょ。あなたがＧＨＱで働きだした時のことを私は忘れない。出社の日、あなたは国旗に敬礼をした。忠誠心を隠して働きに出た。その横顔を見ていれば私にはあなたの辛さが分かった。それは全て私たちを養うために、自身の誇りさえも一旦捨ててくれたんだものね。ありがとう。ありがとう、周作。あなたはもう頑張ったんだから、もう十分に頑張ったんだから、それでいいのよ。これからは二人で幸せになりましょう。これから訪れる老後を二人で乗り切っていきましょう。私はどんなことにも耐える自信がある。耐えてみせる。あなたが傍にいてくれれば、耐えることなんてたいした苦痛ではないもの。愛しているということは、もっと慎重で重心の低い言葉だと思う。あなたの口からその言葉を聞ける日を私はいつだって待っているのだから。

周作は夢の中で小枝の背中を見ていた。荻窪の家だと思われる暗い室内だったが、窓枠によって真四角に切り取られた陽光が降り注ぎ、その中ほどにシルエットの小枝がいた。

「小枝、どうした。何をしている？」

小枝はゆっくりと振り返った。手には薬缶を持っている。

「だってね、寒いだろうと思って」

小枝は盆栽に熱湯をかけている。次の瞬間、白い湯気が彼女を隠した。窶れきった顔が見ている先には、いったい何があったのか。その横顔が不気味に微笑んでいる。

――小枝。

周作は目を覚ました。掌で汗を拭い、朦朧《もうろう》とする意識を追い払った。頭を振り、首の辺りの凝りをほぐした。肘をついて起き上がると、窓ガラスに揺れる人影があった。小池の辺りに誰かが立っている。周作は座りなおし、目を凝らした。ケイトのようだった。思い詰めたような背中が、小枝のあの冬の日の背中と重なった。周作は立ち上がった。

サンダルを履き、忍び足で外に出た。敷石の小道を歩き、日本庭園風の中庭に出る。何を思うのか、ケイトはそり橋の中央に立ちつくし、雲の切れ間から顔を出す清澄な月を見つめていた。その横顔は月光で縁取られ、まるで金の産毛が揺らめくようだった。周作は声をかけるのを躊躇い、昔日の小枝を眺めつづけた。

28

周作と今日、上野公園に出掛けた。それは、思いもよらぬデート。朝、新聞に出ていた上野の森の美術館での催しに行きたい、と声をかけてみると、なんと、珍しく、周作が、のってくれたのだった。日曜日で、ほかに何もすることがない、という退屈さも手伝った。

私はうきうきした気持ちを悟られないように、山手線に揺られている時でさえ、決して笑顔を見せることはしなかった。でも仮面の下ではすっかりにやけていたのだ。だって、こうやって二人で山手線に乗るのも久しぶりなら、上野まで出掛けるのも久しぶりなんですもの。こっそりと行ってみたい場所などをあれこれと想像しながら、周作の横にぴったりと寄り添っていられるこの幸せを、きっと周作だけが気がついていないのね。周囲の人たちには仲のいい夫婦と映っているだろうに、周作だけが、そのことに気がついていないんだ。仕方がないわね。

でも、私は嬉しかった。駅を下りて、見えるもの全てがなぜか新鮮だった。そっと周作の腕に手を回してみても、拒否されないことがまた嬉しかった。生きていればこんな素敵なこともあるのだ、とその時はまだ幸せの真只中《まっただなか》だった。

美術館なんかどうでもよかった私は、いろいろと散歩をしたかったのに、周作の頭の中には、美術館という三文字しかない。掲示板を見て、美術館に照準を合わせたら、どんなに可愛らしいカフェがあろうとも、どんなに美味しそうなあんみつ屋があろうと、見向きもしない。まるで爆撃機乗りそのもの。目的地へさっと出掛けていって、爆弾を落としてさっと帰ってくる。ああ、いやになっちゃう。だって、ほら、そこには上野名物のアメ横があるじゃない。長靴やサンダルを買わなければならなかったでしょ。豆や煎餅《せんべい》をまとめて買っとくのも安くて便利なのに。でもここで強引に周作の腕を引っ張ったりしたら、大変なことになる。

なんだ、美術館に行くんじゃなかったのか。じゃあ、帰る。ほらね、私はそんなお馬鹿さんじゃないのよ。絶対、上手に、上野を堪能してみせるんだから。

美術館を見た帰りでもいいやって思ったのが、ちょっとした間違いだった。美術館の傍で、左翼学生たちが小さな集会をやっていた。どうしよう、と思った時には、周作はメガホンで訴える若者の演説に聞き入っていた。行きましょうよ、と促したけれど、ちょっと待て、と声が戻ってきた。それほど感情的な感じがしなかったので、まあいいか、とたかをくっていた。不意に、顔が真っ赤になった。タオルで顔を隠している若者が、無知ほど恐ろしいものはない、戦争にのこのこと出掛けていった今の老人たちこそ、日本をダメにした張本人なのだ、と言いだしたせいだった。若い人がよく知らずにものを言うのはいつの時代も一緒じゃない、ムキになった方が負けよ、と私も私なりにムキになって、周作の腕を引っ張ったのだけれど、次の瞬間には周作の平手を受けて、私は路上に倒れてしまった。軽い脳震盪《のうしんとう》を起こして、霞む目で周作を探すと、あの人ったら、演説台の上でメガホンを握りしめていた青年を殴りつけていた。そして奪ったメガホンで、君たちには、今の自由が多くの犠牲の上にもたらされたということが分からんのか、目を覚ませ、と叫びだした。あっけにとられた若者たちは、ただ周作を睨み付けているだけだ。殴られた青年のタオルを剝ぎ取り、こんなものので顔を隠してしか、ものが言えんのかきさまら、ときたから、若者たちも収まりがつかなくなった。道行く人から、いいぞ、戦友、という声がかけられた途端に、乱闘になった。私は慌てて立ち上がったもののどうしていいか分からずおろおろするばかりで。右翼老人、と怒鳴られた周作がメガホンを摑んで、俺は右翼じゃない、ただの愛国者だ、と叫びだすに及んで、辺りは笑いの渦に巻き込まれて。とにかく、とんだ上野行きになってしまった。結局、交番まで、またしても、これで何度目だろう、茂久に迎えに来てもらうことになって、私が大目玉をくらう羽目になったの。

　この日記を書いている横で、やはり周作は酔っぱらって寝ている。日本をダメにするために命を懸けてきたんじゃない、と寝言で言っている。もう戦争が終わって三十五年も経つのに。この人の中では戦争は終わっていないんだわ。きっと私たち夫婦の間でも、いつまでも戦争は終わらないのよ。いいえ、みんなの中で戦争はとっくに終わっているのに、私たち夫婦だけが死ぬまで戦中を生きていくことになるんだわ。周作が一日でも早く、心の戦場から帰還することを私は祈るしかない。

29

　周作ら三人にとってワイキキの観光は、予想どおり退屈でつまらないものとなった。

午前中は田部大尉らの遺族に連絡を取ろうかどうか思案したが、戦友会の誰にどう説明していいのか分からず、様々な躊躇が働き、三人は逡巡し、結局やめた。一刻も早く遺族には伝えたかったが、どういう反響をもたらすのか、もう数日、三人で協議しようということになった。ここまで発見されなかったんだ、あと一日や二日遅れても問題はないだろう。それよりも、どういう形で世の中にあれの存在を知らせるか、だ。

九七式三号艦上攻撃機が半世紀の眠りを覚ましてハワイに出現、となると、世界中のマスコミの関心を集めてしまう。それもいいかもしれんが、関わった者としては複雑な思いがある。庄吉さんともじっくり話し合わなければならない。彼の立場や思いも理解はできるが、不用意にこのことが世に出たら、田部大尉たちの魂も浮かばれなくなるかもしれない、と周作が懸念を語ると、二人も沈痛な面持ちを崩さず同意した。もう一度、現場へ出向き、冷静に考えてみることが先決だろう、と栗城が提案した。

午後、三人は取り敢えず、気分を落ちつかせるためにワイキキを散策することにしたが、三人の頭の中から九七式艦攻の眩いジュラルミンの輪郭は離れず、どこを見ても、気力が湧かなかった。ガイドをするケイトも、どこへ連れていけば三人が喜ぶのか見当もつかず、ワイキキのど真ん中で途方に暮れる始末だった。

「それにしても日本人の観光客ばかりだな」

　栗城が周囲を見回しながら言った。確かに、と周作は思った。若い日本人のカップルがブランドショップの袋をぶら下げて歩いていく。ワイキキは日本にいるのと変わらんばい、と早瀬が呟いた。どこに行きましょうか、とケイトが訊ねた。ワイキキはくだらんな、と周作が呟いた。一生懸命にガイドをしてきたケイトは落胆し、周作の顔をじっと見た。周作は自分が余計なことを言ったことに気づき、慌てて背筋を伸ばした。

「いや、でもこうしているだけでも楽しいものだ。平和なんだから、平和をもっと満喫しよう」

　周作が、栗城と早瀬の顔を覗き込んで言うと、二人は笑った。

「俺たちは満喫しているが、さっきから、買い物ばかりしてあいつら何が楽しいんだって、説教ジジイになっていたのはお前だ」

「歳をとるとすぐに若者ば目の敵にしてから」

　ケイトが笑った。つられて周作も笑った。そういえばジョンはどうしとると、と早瀬がケイトに訊ねた。

「今日はようやくベビーシッターが見つかったので、学校の送り迎えとかしてもらってます」

「そうか、そらあ大変たい」

ケイトが微笑んだ。でも、生きることは誰でも大変ね。早瀬さんも大変でしょ?

「そら、そうたい」

早瀬が笑い、栗城もつられた。ケイト、と遠くから声がかかった。通りかかった車の中からアジア系の女性が顔を出して手を振った。車の中と外で明るく軽快な会話がはじまる。三人は、この街で生きるケイトの、日常の姿をかいま見た気がした。若々しい早口の英語が飛び交う。ケイトが三人のことを車の女性に説明した。若いアジア系の女性は周作らを見て微笑んだ。

「コニチワ」

女性が笑顔で挨拶をしたので、早瀬が、やあ、どうもどうも、ウイーアージャパニーズ、オーケイ? とおかしな英語と大きなジェスチャーで戻した。

「幼なじみのステファニー。彼女も三世なんです」

なんかア、おねえちゃんも三世たいね、だったらステファニー、早よう言わんね、と早瀬が笑うと、ステファニーがキョトンとした顔でケイトを振り向いた。

「三世は日本語をほとんど知りません。彼女も日本語が分かりません」

「分からんと?」

ステファニーは、早瀬の口調を、ワカラントー、と真似た。顔は日本人なのに、と早瀬が呟いた。でも、アメリカ人だから仕方がありませんね、とケイトが釘を刺すように、早瀬に言った。早瀬は、そうたいね、日系人はアメリカ人だったけんね。

「ドゥユーライクジャパン？」

早瀬は気分を取り直して、ステファニーの傍まで近づき、訊いた。栗城は、おい、あんまりしつこくすると嫌われるぞ、と笑顔で忠告した。ケイトがステファニーの通訳をした。日本はおじいちゃんの国だから、すごく興味があります、と彼女。

「どこの出身なの？」

栗城が訊ねると、知らない、と返事が戻ってきた。先祖が日本のどこから来たのか、興味はないの、と質問を続けると、ステファニーは困った表情をした。

「ヤマグチ」

という単語が数秒の間を空けて三人の耳にぽんと届けられた。山口県の出身なんだ、と栗城が頷いた。

「でもそれ以上は何も知らない、と言ってます」

「知りたくはないのかね」

ケイトはそれを訳さなかった。僅かに空気の流れが停滞し、次の瞬間、ステファニーは満面に笑みを湛えると、ハバナイストリップ、と告げて車を発進させた。先祖がどこから来たのか、知りたくないようだね、と栗城が言った。

「先祖は、何かの事情で国を離れたわけですよね。想像するだけだけど、大きな決意がなければ日本を離れて、見知らぬ国に人生を預けるのって大変なことじゃないですか」

ケイトは男たちを一瞥し、それから視線を空に逃がした。

「最初の移民は一八六八年。およそ百五十人の男女が横浜からハワイに移り住んだのです。その人たちを元年者と呼んでますね。いろいろな人がいました。チョーニンやローニン？他に、様々な事情があって日本にはいづらい立場の人たちも。移民たちは〝天国〟と宣伝された新天地を目指して、祖国を飛び出していったね。人々に出稼ぎを決意させたものは、日本での貧しい暮らしと新天地にかける夢だったと思いますね」

そうか、と周作は呟いた。

「それから十七年後、九百人以上の移民が蒸気船シティーオブトーキョーに乗って渡ってきます。彼らは一攫《いっかく》千金の夢を見てやってきた若い独身の男たち。三年契約で、ここで沢山稼いでお金持ちになって日本に戻るつもりだったようです。彼らがいわゆる一世のはじまりね。この後、どんどん日系人は増えて、二十世紀のはじめにはハワイの全人口の四分の一ほどになるのです」

詳しかねえ、と早瀬が唸った。ケイトは吹き出した。

「だって、私の仕事はガイドね。ここは丸暗記してるの。普通の日系人は昔習った程度で、もう忘れています」

丸暗記ばしとるとか、と早瀬が感心したように頷いた。写真で見て日本の花嫁を呼び寄せて、一世は二世を生み出すのね。すごいでしょう、写真でお嫁さんを決めるだなんて、とケイトは腕組みをして唸った。

「二世たちは日本語学校にも通い、日本人の徳？　ジントクの徳ね。徳について教わることになるの。だから二世には日本語を理解できる人たちがいますね。でも、三世になるともうほとんど話せない人ばかり。私はママが日本人だから、日本語に親しんだし、個人的にママの故郷に興味があって、大学の時に留学しました」

「どこに？」

間髪を容《い》れずに栗城が訊いた。

「京都の大学。嵐山って分かりますか？　あの辺にママの実家があって、そこで生活しましたね」

京都か、と周作が言った。

「京都での生活はどうだった？」

「不思議でした。それがね、自分がすごく外国人だってことに気がついた。同じ顔をしているのに、日本語が話せない。日本語を喋ることができない自分を見て、同級生たちが不思議がるのが、不思議だった。ああ、私はアメリカ人なんだって、ツーカン？ 痛感させられました」

ケイトは微笑んだが、すぐに道の先をじっと見つめた。

「ステファニーもそうだし、他の日系人もそうだけど、日系人だからこそ、今は、日本語から遠ざかろうとしている。留学している時に、日本で生まれた韓国籍の学生と友達になったね。ザイニチでしたっけ？ そうね、在日韓国人ね。彼女は韓国語は話せないけど日本語はネイティブ。でも彼女の精神は韓国にありました。誇りもアイデンティティも。日本人になり、同化している在日の人も多いと聞きました。でも私の友人はとても韓国を思っていましたね。私は、彼女とは全く先祖の国への思いが違ってましたね。私はアメリカ人だって、日本に行ってはっきりと分かった。ママが日本人でも、そうだった。だから、日系人の両親を持つステファニーのような三世たちはなおさら、アメリカ人でいることに誇りを持とうとするし、日本は先祖のいた国として、ささやかな興味の対象であるだけなんですね。いえ、遠ざかろうとする人もいるかもしれない。日系人が文化会館を作って、トラディショナルなことを後世に伝えようとしているけど、それは大変な努力ですね。どんどん日系社会は混ざり合っていくでしょ。ジョンがそうであるように、みんな混ざっていくから、アメリカ的になっていくでしょうね」

話すのに疲れて、ケイトは嘆息をついた。日本語は難しい、と零して。

「でも、私は日本を理解したかった。いえ、まだしたいと思っています。この間は、皆さんにとても悪いところを見られたけど、あの悪い人は私の日本人の恋人ですね。結婚の約束はしたけど、本当にそれがみんなを幸せにするのか、私は幸せになれるのか、今大きく悩んでいます。日本を嫌いになりたくないし、人生に焦りたくはない。ジョンと静かに生きていくことも大事。でも一人でお婆さんになりたくないのもほんと。だって寂しいでしょ。複雑ね」

ケイトは寂しそうに微笑んだ。

30

周作たちは大通りをそぞろ歩きし、椰子の繁る緩衝帯を抜けて、人々が寛《くつろ》ぐビーチに出た。靴を脱いで、浜辺まで行き、波打ち際に腰を下ろした。ケイトは少し離れた場所で携帯電話をかけていた。ジョンのことをベビーシッターと話し合っているような、柔らかい駆け引きの言葉の投げ合いが続いている。ケイトの英語が風に漂い、周作には子守歌のように聞こえた。

周作は十二月の光線に眼球を圧されながら、ぼんやりと海を見つめた。同じ青でも海と空の青が違っている。それが水平線の彼方で微妙に混ざり合いながら溶けて、群青色なのか、藍色なのか、水色なのか決めかねる曖昧《あいまい》な奥行きを作り出していた。

「どうする？」

栗城が呟いた。早瀬はその隣でぐったりと横たわっている。髭だらけの顔が砂に押しつけられている。閉じた瞼が深い古傷のように額の下にあった。

「真珠湾も見たし、田部さんのこともあるし、報告しに日本に戻るか？」

ああ、と周作は唸ったが、気乗りしなかった。何かが心の奥底で煮え切らずにいた。まだ何かやり終えていないような、達成しきれていないもどかしさとでもいうような、精神のくぐもりがあった。

「このまま死ぬのはいやだな」

周作は海を見つめたまま呟いた。筋骨隆々の若者が数名、波打ち際を走りはじめた。青年たちはふざけ合っているようだった。一人の青年に残りの青年が飛びかかり、そのまま海の中に倒れた。倒された青年が笑いながら、叫び声をあげた。水着姿の女性が二人走ってきて、彼らのじゃれ合う姿を写真に撮った。水しぶきと光と笑い声が、九七式艦攻の元搭乗員たちには眩しかった。

「俺たちの青春はいつ終わってしまったのかな。戦争と一緒に終わったなんて悲しすぎるな」

まだ終わったとは思えない、と周作が、低いが力強い声音でそれを否定した。どういう意味かな、と栗城が周作を見た。周作はローファーを脱ぎ、その場に寝ころがった。

「終わりの方にあるのは確かだが、終わっちゃいない。青春の末期さ」

周作はそう言い切ると、仰向けになり、太陽を見上げた。青春の末期か。栗城が呟き微笑んだ。打ち寄せる波の音が周作を、ここではないどこかへ連れていこうとした。若者たちの笑い声が波間で弾けた。周作は目を瞑った。瞼の上から太陽の光がいっそう強く押さえつけてきた。激しい眠気に襲われた。瞼の裏側を流れる血の色のせいだ、とは分かっているが、世界が赤く見えた。身体の下に地球を感じた。重力に引っ張られて、そのまま砂地の中に溶けてしまいそうだった。

「なあ、人間っちゃなんて思う？」

早瀬の声が聞こえた。まるで天国から降ってくるように、或いは午後の鐘の音のように、どこからともなくふわりと周作の耳に届いた。眩しくて目を開けることができないまま、周作は、さあな、と答えた。

周作は眠りかけていた。早瀬が遠ざかっていくのが分かった。彼の肉体はすぐ傍にあるのに、彼の魂を近くには感じなかった。分厚い一枚の壁の向こう側から聞こえてくるような遠い声。

「お前はどっから来て、どけぇ行くとね」

早瀬は確かにそう言った。しかしその声は早瀬の声というより、もっと大勢の人間の声のように聞こえた。輪唱のような、幾重にも波うつ声。子供の頃に親戚の寺で聞いたことがある、住職らが座して唱《とな》える声明《しょうみょう》の低い声音にも似ていた。

「どっから来て、どけぇ行くとやろか。説明ができんたい。天国があるとか、地獄があるとか、前世があるとか、来世があるとか、いろいろな場所で、複数の人に、様々なことを言われてきたっばってん、どれも信じるまでには至らんだった。信仰があればどんなに楽かろうち、いつも悩むばってん、七十五歳まで信仰を持たずに生きてきてしまうと、今更、という思いと同時に、死ぬ間際に寺や教会に駆け込むのは卑怯《ひきょう》な気がして、なんか躊躇すっと」

栗城の笑い声が聞こえた気がしたが、何に対して笑ったのか周作には分からなかった。意識がぼんやりとしてきた。肉体のそこかしこがぐったりとして、筋肉が全て弛緩《しかん》していた。意識を動かそうと思っても動かない。金縛りに遭ったように、自分の意思では手も足も動かせなかった。ただ僅かに、開いた瞼の隙間から、ぎらぎらと輝く太陽が見えていた。

「自分が存在せん世界ちゃあどげんもんかち、よう考えるごとなったと。自分が死んだ後も世界がこのまま残っとるとは、どうしても思えんとよ。あらゆる価値が自分の死とともに消えっしまうとじゃなかかて、考えるようになったと。全てが消えるというと、自分中心的に世界を見ているようで好かんばってん、死とはもともとそぎゃんもんかもしれんたい。俺が死ねば、世界は終わる。何億年も世界が続いとっとじゃなかと。宇宙が拡張したりたい、ブラックホールに呑み込まれていくなんかいう科学者の説は、世界をただ複雑に見せようとする理論派の謀略にすぎんとじゃなかろうかて。世界とはもっと単純なもんじゃなかろうかて。俺の人生の長さしか実際には存在しとらんとじゃなかろうか。つまりたい、七十五年しか存在しとらん。もし俺が今日死ねば、世界は七十五年間だけ存在したことを意味する。その後はもうなかとよ。来世も天国も地獄もなかと。そぎゃんもんは最初からなかと。何もかもがただなくなってしまうだけじゃなかか。なあ、白河、お前どう思う？　お前には分かっとじゃなかか」

周作は眩しい光に抗《あらが》って、なんとか薄目を開けてみた。身を乗り出して早瀬が覗き込んでいた。周作が、さあな、お前の言っている意味がそもそも俺には分からん。お前はいつからニーチェになった？　と返した。早瀬は、俺には分かっとたい、と笑った。その笑い顔の背後で光が折れ曲がっていくような七色の屈折を見た気がした。現実か幻か分からない奇妙な感覚だった。

「人間はひたすら存在に意味を見出そうとしてきたばってん、そもそもそれが間違いだった。俺は疲れたばい。意味を求めたり、反省したり、後悔をすることに。死とは、無である。なぜそれを認める勇気をみな持たんとだろな」

白河、と声がした。周作はもう、瞼を開けることができなかった。

「俺たちはあの日に死んでいてもおかしくなかった。俺は何べんも死んだったい。幾多の空中戦で被弾した。中国東北地区で撃墜された。田部大尉じゃなかばってん、不時着ばした。前席の偵察士はその際に死んだ。俺と操縦士と二人で中ソ国境沿いの森を彷徨った。食べるものがなくて、落ちているもの、口にできるものは何でも食べた。筏《いかだ》を作って河を下ったが、あん時は間違いなく死ぬっとだろうなって思うたたい。ばってん不思議と死なんかった。小さな集落に辿り着いて、捕虜になった。捕虜になる時に、操縦士は誤って射殺された。ばってんなぜか俺だけは死なんかった。収容所らしか収容所もにゃあ、食べるもんもなかったったい。ばってん俺は死なんかった。なんでやと思う？　不思議たいね。大勢の仲間が死んだ。でも俺は生きとる。こんなに長く生きた。七十五歳だ。お前も俺も七十五年も生きてしまった。鹿児島の基地でお前とはじめて会った時のことをよお覚えとったい。つやつやしとった。お前ん顔たい。なんか映画俳優のごつ眩しかったたい。まっすぐで、凛々《りり》しゅうて、一緒に九七式艦攻に乗るっとが楽しかったと。なんかこいつは死なんなって俺は思うとった。こいつが操縦しとる限り、俺は無事だってずっと思うとったと。なんでだろ。お前にはなんか死が近づかんオーラがあったっち。いんや、今でんあると。そういうもんば寄せつけんなんかがあるとよ。ばってんが、そろそろ寿命が来たと。俺もお前も寿命にだけは勝てんかった。遅かれ早かれ、逝かなならんたい」

周作は海の香りに混じって微かに線香の匂いを感じた。線香の匂いは鼻の奥に漂っていた。

「どぎゃんすごか人間もいずれは死ぬっとたい。これは不思議たいね。どぎゃん偉か人も、みんな必ず死ぬ。人間の一生というものを、神様はようお作りなさったもんたい。生まれて死ぬなんて、こげん謎めいたことば、よう思いつかれた。そういうはじまりと終わりだけん、人間はみな、考えるとたい。どっから来たとだろかて。どけぇ行くとだろかて。大勢の宗教家と哲学者がその謎ば明かそうとしてきたと。ばってん神様は謎は明かさんかった。誰にも生やら死やらの理由は教えてくださらんと。どげん辞典にも、教科書にも、死の先について生と、生の前については書かれちゃおらんと。みんな想像しとるだけたい。人間が安心して生きていけるために天国が想像されて、愚かな人間が悪さばせんようにて地獄は想像された。ばってん、それは人間が想像したもんたい。死はそげん短絡的なもんじゃなか。死はそげん当たり前のもんじゃなか。ルールでん、出口でん、なか。ただ死はあらゆるものを無に戻すだけたい。俺はそう思うと。輪廻《りんね》なんち信じることもなか。それは今を生きている者に意味が必要だけん、作られただけ。分かるか白河、死は静かに無に戻ることを意味すっとたい。そこにはそれ以上の意味はいらんと。死は恐れるものでもなかし、死は敗北でもなかと。俺が死ねば世界はそこで終わると。俺の後の世界なんか存在せんとよ。白河、俺はなんも怖くなかとよ」

31

ケイトの運転するワゴン車はトンネルを潜って、ダイヤモンドヘッドの火口へと出た。クレーターの中ほどに巨大な駐車場があり、一同はそこで車を降りた。

「中はこんなになっているんだ」

栗城がクレーターの上部を仰ぎ見て言った。二百メートルほどの高さの外輪山がぐるりを囲んでいる。円形の空が真上に広がった。

早瀬が突然、ダイヤモンドヘッドに登りたかぁ、と言いだした。あそこの上からホノルルを見てみちゃあ、と。若い人でも上まで登るのは大変だから、とケイトは釘を刺したが、早瀬は、どうしても登りたいと譲らなかった。

「見えますか？　あの天辺にあるのが展望台」

クレーターの最上部に建造物がかすかに見えた。頂上を目指して道が、山肌を削り取って続いている。

「若い人でも四十五分くらいかかります。登れますか？」

早瀬が、なんば言うとか、俺たちはまだこのとおりぴんぴんしとるたい、その辺の年寄りと一緒にしたらいかん、と怒った。

「でも、途中に心臓破りの階段とかがあるんですよ」

「心臓破り？　何段くらい？」

栗城が訊くと、ケイトは、九十九段、と微笑んだ。そんなにあるの、と栗城はげんなりした表情で頂上を見上げたが、早瀬一人が、百段でん千段でんへっちゃらたい、と気勢をあげた。

「ここまで来たっだけん、どうしても登って、空ん上からホノルルば見てみたかと」

早瀬の声が周作と栗城の耳朶《じだ》をくすぐった。栗城が周作を見て肩を竦めてみせた。分かりました、では、行きましょう、とケイトが力強く告げる。高血圧の薬とか飲みよるお前たちん方が心配たい、と早瀬が周作と栗城を振り返って言った。周作は片頬に笑みを浮かべて、意気込む早瀬の背中をぽんと一つ叩いた。

登山口の袂で入場料を支払い、四人は登山道を歩きはじめた。十分くらいはなだらかな坂道が続いた。ここでもハワイ特有の爽やかな風が一行を出迎えた。

「なんな、こげんゆるやかな坂道。眠っとっても登らるったい」

早瀬が言うと、先頭を行くケイトが振り返り、

「まだまだこれからですから。気を抜かないでください」

と声を張り上げた。

見たことのない熱帯の植物が山の斜面を覆っていた。歩くにしたがって、登山道の左右に広がる植物も鬱蒼《うっそう》としてきた。熱帯植物群は、岩肌だらけの斜面に出るまでの間、中腹を覆っている。栗城は植物を観察しながら歩いていたせいで、一人かなり遅れた。

「栗城！　はよ歩かんと日が暮れっちまうったい」

早瀬の声に、栗城が手を振って応えた。

周作は正面の崖を見上げた。最初はゆるやかだった坂道も、緑よりも岩肌が目立つようになると、斜面も急になり、息があがり、さすがに登るのが苦しくなってきた。太陽の直射にも追い打ちをかけられた。汗がシャツを濡らし、拭っても拭っても汗は止まらず、上半身はすっかりびしょ濡れになってしまった。

先頭を行くケイトの臀部が、周作の目の前にあった。若々しく躍動的な足がそこから力強

く伸びており、一足踏み出すたび、生き生きと地面を蹴った。負けまいと周作も必死で追いかけた。岩肌を利用して作られた足場の悪い細い道では、いっそう勾配《こうばい》が急になり、膝小僧に大きな負担がかかって、力が入らなくなった。周作は手で膝を支え、押し出すようにして一歩を踏みしめなければならなかった。ケイトの若さに引っ張られて、周作は歯を食いしばり、一歩一歩を踏み出した。周作が追いかけていたものは、ケイトではなく、失われた青春の残滓《ざんし》であった。

心の中のもやもやとした感情のくぐもりをここで一気に払いたかった。まだ、俺の青春は終わったわけではない、と周作は、足を一歩前に踏み出すたび、そう自分に言い聞かせていた。

「白河さん、大丈夫ですか？」

ケイトが振り返り、周作に声をかけた。ああ、と周作は呟いて奥歯を嚙みしめた。

「皆さん、大丈夫ですか？」

ケイトが後方を登ってくる二人に声をかけた。周作が振り返ると、早瀬と栗城はかなり下の方を登ってきていた。岩場が長い年月、雨で浸食されて、がたがたに歪《ゆが》んだ山道である。大人一人がやっと通れるくらいの険しい道を、下山する観光客と譲り合わなければならなかった。栗城と早瀬が道を譲る脇を、アメリカ人らしき若者たちが躍動的に下りていった。二人の姿は下山していく若いアメリカ人とは対照的で、今や威勢の良かった早瀬は腰に手を当て俯いており、その早瀬を栗城が労るように支えていた。

「白河さん、少しここで待ちましょう」

周作は手すりに手をついて、深呼吸をした。アメリカ人の親子連れが子供をバックパックで背負って登っていった。父親は汗だくだったが、家族を思う彼の愛情が、引き締まった筋肉のそこかしこに漲《みなぎ》っていた。ケイトが子供に笑顔を向けると、バックパックの中から小さく手を振った。

戦争中、息子たちを背負って頑張ってきたのは、小枝だった。戦後も、貧しい状況の中で小枝は三人の子供を育てながら家庭の全てを切り盛りしてきた。仕事のことを相談できなかったのは、彼女にそれ以上負担をかけたくない、と思ったからだった。敗戦による心の傷も見せてはならない、と周作は考えた。場末の酒場で女将を相手に憂さを晴らしていたことが、小枝をあれほど傷つけていたとは。水臭いと思っただけではなく、小枝は、裏切られたと思っていたのだ。拭いきれない人生の後悔が、この期に及んで、周作の心の中で広がりつつあった。周作は噴き出す汗を拭って、ケイトの顔を見た。すまなかった、と周作は思わず、声に出してしまった。ケイトが、え、と顔を顰めた。

「すまない？」

周作は首を振った。あいつらが、腑甲斐《ふがい》なくて、と誤魔化した。

「フガナイ？　何がない？」

周作は笑った。あいつらが口ほどでもなくて申し訳ない、と言いたかったんだ、と言うと、ケイトは、そんなことはありません、物凄く頑張っています、と応えた。早瀬と栗城は自分たちの足元を見ながら、黙々と距離を縮め、近づいてきていた。

「まだまだだよね、頂上は」

「ええ、まだまだですよ。ここで丁度半分くらいかな」

「半分か。かなり見くびっていたな」

「でしょ。ハワイ人でも滅多に登らないんですから」

周作は微笑みながら、息を吐き出した。早瀬と栗城がようやく追いついた。二人とも、息を切らしている。

「どうした、さっきまでの勢いはどこへ行った？」

「いや、まいった。きついね」

栗城が汗を拭いながら言った。早瀬は声も出せなかった。少し休みますか、とケイトが言うと、早瀬は膝に両手をついた状態で、力なく、首を左右に振ってみせた。

「なんば言いよっとか。ここで休んだら、日本男児の名がすたるっぱい」

「ナガスタル？」

周作はケイトに、Ｓｈａｍｅ、と通訳した。

32

栗城が少しは休ませろ、と早瀬を説得し、十五分ほどの休憩をとった。早瀬が咳き込み、ケイトが背中を摩った。きついなら、無理しないで下山しましょう、と言うと、早瀬は俯いたまま首を振った。山肌を吹く風が周作のシャツをはだけさせた。心配した周作が、大丈夫か、ともう一度訊ねたが、早瀬は返事もできないほどだった。肘を手すりについて、口で呼吸しながら、目だけが、執念のような輝きを放って、火口を見下ろしていた。登りはじめる直前、早瀬は周作のシャツを引っ張った。振り返ると早瀬が青白い顔で、俺はずっと死ぬっとが怖かったったい、と一言呟いた。

一行は再び登りはじめた。登山のペースはさらに落ち、ケイトと周作は何度も後ろの二人を待たなければならなかった。登りはじめてすでに四十五分は過ぎていた。しかしまだ山頂は見えなかった。

トンネルの手前でケイトが立ち止まった。周作の足は震え、股や膝の感覚さえなかった。

「ここから例の九十九段の階段です」

周作はトンネルの中を覗き込んだ。上の方は見えなかった。下りてきた外国人観光客の表情も険しかった。下りでさえ、それだけの体力がいる階段だけに、相当の覚悟がいる。今となっては、ワイキキの長閑さが懐かしかった。

「どうします？　後ろの二人は登れるかしら」

ここまで来たら意地でも引き返さないだろう、と登ってくる二人を見下ろしながら周作は思った。栗城と早瀬が追いつき、さらに三十分ほどの休憩をとることになった。ケイトが下で買っておいたミネラルウォーターを全員で分け合って飲んだ。早瀬も栗城も石段にしゃがみこんで俯いていた。早瀬はセカンドバッグを枕にして、横になる始末だった。

「どうする。きついなら引き返すこともできるぞ」

周作が言うと、二人は同時に首を左右に振ったが、やはり言葉は出てこなかった。周作もしゃがみこんだ。遥か下方に駐車場があり、観光バスが豆粒くらいに見えた。随分と登ってきたことが分かる。風が火口の方から吹いてきて、周作らの顔を冷やした。周作は目を瞑り、それから深呼吸をした。

後からやってきた観光客に次々と一行は抜かれていった。栗城が、悔しいな、と一言漏らしたが、その言葉は風にかき消されてしまった。寝ころがったままの早瀬を心配して、誰も何も喋らなくなると、時間と光だけが静々と一行に降り注いだ。周作はまるで何百年も何千年もそこに転がっているような岩石の気持ちになった。時間とか、歴史とか、生死でさえも、岩石には無縁であった。太陽が昇り、太陽が沈むのを、岩石は永遠に見つづけるだけだった。永遠を人間は生きることができない。それではあまりに退屈で心が餓死してしまう。自分は岩石ではない、と周作は思った。人間は岩石ではない。だから死がある。だから生まれてきたのだ、と周作は気づいた。一生は儚《はかな》く切ない。生きるということには限りがある。限りある人生だからこそ、愛は輝くことができた。終わりがあるからこそ、永遠という響きに憧れたからこそ、愛は苦しみを乗り越えることができた。終わりがあるからこそ、今を大切に味わうこともできる。そしてそこに愛があるからこそ、人間は岩石にならずにすんだ。周作は、俺にも愛はあった、と呟き、空を見上げた。青い空の中に愛があり、永遠があった。深呼吸をすると、肺が喜んだ。瞬きをすると、小枝の懐かしい姿が心を過った。青春の末期を生きながら、周作は、思い出の中で永遠となった小枝に、感謝した。

突然、早瀬が顔を上げ、手すりを摑むと、よろよろと立ち上がった。早瀬は俯き加減のまま、手すり伝いに階段を登りはじめた。行くのか、と栗城が声をかけたが、返事はなかった。何かを決意したような強い精神の瞬きだけが、彼の背中から滲み出ていた。

九十九段の階段は一段一段が身に沁《し》みた。足を踏み出すことができずに、途中で動かなくなると、前や後ろから来た他の人々の迷惑になった。壁に背を凭せかけ、人を避けるのも大変な労苦となった。大丈夫ですか。ケイトの励ましの声だけがトンネルの中に谺しつづけた。トンネルを抜けると、山頂が目の前に広がった。坂はさらに急になっていたが、山頂が見えたことで周作の足取りも幾分軽くなった。もう少しだ、と周作が後ろの二人に声をかけた。おお、と栗城の声が返ってきた。周作は前方を見た。果てしない青空が展望台の向こう側に広がっていた。そこまで登り切れば、長年の後悔が全て清算されるような気がしてならなかった。

よし、と周作は自分自身に声をかけた。俺はまだ生きる。小枝の分まで俺は生きる。

地面を蹴りあげるケイトの足だけを頼りに、周作は山道を登っていった。いっち、に、さん、し。心の中でリズムを取り、口で大きく呼吸をし、オアフの風を肺で受け止めながら、一歩一歩地面を踏みしめ登った。

何年分かと思えるほどの汗が滴り落ちていった。その一滴一滴が、人生のあらゆる灰汁《あく》のようでもあった。全てをここで洗い流したい、と周作は思った。青空がどんどん広がっていくのが心地よかった。展望台が目の前にあった。あと少しで頂上だ。周作は振り返り、後ろの二人にもう一度声をかけた。

「見ろ。もうそこだ！」

二人は顔を上げることさえできなかった。

「あと少しです。皆さん、頑張りましょう」

ケイトが満面に笑みを浮かべて声を張り上げた。小枝、と周作は心の中で叫んだ。小枝、俺は今、お前のすぐ近くにいる。お前がそこで待っているような気がしてならない。もうすぐ俺もお前の元に行く。

一足先に頂上に到達したケイトが、最後の数段というところにいる周作の元に戻ってきて、手を伸ばした。周作はケイトの手を摑んだ。生きたものの温《ぬく》もりが周作の腕を伝わって全身を駆けめぐる。ケイトの笑みに励まされて、最後の数段を一気に登った。眼下に、遮るもののないホノルルの景色が広がった。

「ああ、すごい」

手すりに手をついて身を乗り出し、周作は目の前に広がる美しい青空と景色を見つめた。ワイキキのビーチが眼下に長く弧を描いている。ビーチに打ち寄せる海の青々とした広がりが水平線の先まで望める。眩いばかりの碧空がどこまでも果てしなく続いている。海から吹いてくる風が周作の心と魂を洗った。目を瞑り、深呼吸をした。一瞬、目眩がした。光が瞼の裏側を明るく染めた。

「おお、やったぞ。頂上だ」

栗城の声がした。栗城と早瀬がようやく頂上に着いた。

「すごいな。とうとう登ったな。いやあ、これは見事だ。登った甲斐があった」

ぜえぜえと喉を鳴らしながら、栗城は周作の横まで来ると、下界を見下ろして叫んだ。息が苦しくて仕方がなかった。それでも登頂し終えた感動は計り知れないものがあった。あの日、操縦席から見たホノルルの景色を周作は思い出していた。もう一度、目を瞑った。一九四一年の十二月の青空が周作の頭の中に広がっていった。失われた青春の碧空がそこにはあった。

「白河さん！」

声がどこか天の方から響いた。周作は小枝に呼ばれたのかと思い、一度上空を見上げた。もう一度声がした。周作は追憶の中から現実へと引き戻された。

「早瀬さんが」

周作が振り返ると、少し離れたところに人だかりができていた。人々の足元に横たわるのが早瀬だと認識できるまでにさらに数秒を要した。

早瀬は朦朧とする意識の中で、周作と栗城を探していた。周作が駆け寄り、早瀬の手を握ると、早瀬は一瞬、安堵《あんど》の表情を浮かべた。

「白河、俺は死ぬと」

早瀬は心臓の辺りを押さえて苦しそうに呼吸をした。喋るな、じっとしていろ、と周作は叫んだ。

「なあ、白河、俺は死なんか怖くなかとぞ。死なんかこれっぽっちも怖くなか」

「もういい、何も喋るな」

早瀬は周作の手を握りしめた。周作は、早瀬の顔が強張り、青白く消えかかっていくのを見た。死がそこにへばりついているような、そこだけがぽっかりと窪んで光を呑み込んだような、そんな顔であった。恐ろしさを目の当たりにした。誰にでも死はやってくる、と浜辺で言った早瀬の言葉が耳奥に絡みついて離れなかった。

「なあ、白河」

早瀬は最後の力を込めて、絞り出すような声でそう告げた。

「……頼みがあるとたい。もし、俺が死んでもまだ世界が残っていたら、墓は作らんでくれ」

早瀬の声が消えかかった。周作は、なんだ、と耳を早瀬の口許に近づけた。

「ここで、死のうって、決めて、きた。俺の、灰は、ここの、海に、撒《ま》いて、ほしかったい」

「何を言ってる。お前みたいな元気な奴が死ぬわけがない」

必死で叫んだが、早瀬の身体からはみるみる力が抜け落ちていった。早瀬、早瀬、と、周作と栗城は交互に叫んだ。だが、ぐったりと横たわるかつての戦友が目覚めることはなかった。

33

周作は自分勝手。でもしょうがない。私が彼を好きなんだから、どうしようもない。でも好きでいられて幸せなことも多いから、仕方がないなって思う。そうよ、仕方がない。だって好きなんだもの。

午後から雨がやんで、青空が見えた。荻窪駅前のスーパーまで買い物に行った。久しぶりの青空のせいか、周作が買い物に付き合ってくれた。こういうこともあるのね。今日という日は、何も起こらない普通の日々の中で、特別な日となった。特別すごいことが起きたわけではないけれど、だからこそ私には特別に感じられる。周作と仲良くスーパーで買い物をすることがこんなに私を幸せな思いにさせるなんて、周作は気づいているのかしら。いいえ、意外とあの人は気づいているのかも。私が野菜を買っている間、あの人はつまらなそうにキャベツと話し込んでいた。私が牛肉を買うべきか躊躇っている時、あの人は鶏肉に微笑みかけていた。あの人は優しい人。特別なことをして私を喜ばせたりはしないけれど、何気ない仕種に優しさを感じる。あんなにせっかちなくせに、めんどくさそうにしないで私の買い物に付き合ってくれてるんだから。それは熱海旅行に連れていってもらったほどに嬉しい。馬鹿ね。どうしようもないくらいに馬鹿な私。でもしょうがない。私は周作のことが好きなんだから。

日々の何気ない変化の中にしか本当の幸福はない。何気ない変化を喜べる自分が私は好きだし、その変化をもたらす周作がいてこそ私は幸福を感じる。だから、全部を秤《はかり》に載せてみれば一目瞭然、愛が勝ってしまうのね。

日々というのは不思議なものだと思う。動いているのが見えないのに、物凄い勢いで動いているのね。たおやかだなと安心していると途端に性急になるし、長閑だなと気を抜いて休憩していると途端に足踏みする。梅雨空のようだなと思っていると途端に晴れ間が見えたり、停滞しているなって用心していると途端に流れはじめる。いわゆる速度とは違う速さで動いているものが日々なのね。誤解しないようにしないと、糠《ぬか》喜びで終わってしまうわ。人生は速度が重要なんじゃないもの。いかに上手に、無理せず、流れていけるかよね。よし、急がない。私らしい速さで行こう。

なのにその速度は日々の中にいると分からないものなのね。日々素晴らしいからこそ、注意深く見つめて生きていくことにする。

今夜は、周作の意見に従って、秋刀魚《さんま》。栗ご飯。食後に柿。

34

光が足元を輝かせる。のろまな光。どんとそこにへばりついているような動かない光。風も流れず、消毒液の臭いだけが微かに鼻の奥をくすぐる。周作と栗城は明るい廊下の長椅子に前かがみに腰掛けて、正面の椅子に座る妊婦の父親の不安げな視線を幾度となく避けながら、ケイトが戻ってくるのを待っていた。

集中治療室に早瀬が運ばれてからすでに三時間が経過している。少し前に、ケイトは看護師に呼ばれて手術室の方へと消えた。起こっている現実さえも忘れさせるほどにホノルルの空気は長閑であった。

病院の廊下も健康的で明るく、ホテルのロビーのように広々としていた。窓の向こうに中庭が見え、十二月なのに美しい花々が咲き誇っていた。

見渡す限り、悲壮な顔の人はどこにもおらず、周作らは、いったい自分たちがここで何を待っているのか、と疑いたくなるほどの呑気な倦怠の中にいた。山頂まで登った疲れが今頃、どっと押し寄せてきていた。肉体は使い切ったゼンマイのように伸びきっており、意識して動かそうとしなければピクリともしなかった。気力も体力も全て使い果たしていた。廊下にできた南国の日溜まりをぼんやりと見つめていることしかできなかった。

早瀬はヘリコプターでダイヤモンドヘッドの展望台から病院まで運ばれた。大型の救助ヘリがダイヤモンドヘッドの上空に姿を現した時には、その地鳴りのようなエンジン音と風圧の中、周作も栗城もどうしていいのか分からずただ立ちつくすばかりであった。なぜか、真珠湾を奇襲した時の映像が瞬きの合間を縫って、脳裏を物凄い速度で流れていった。轟沈する戦艦アリゾナ。急降下する雷撃機。燃え上がる戦艦群。青空を埋めつくすゼロ戦に九七式艦攻。

ヘリコプターの爆音が周作の耳を押さえつけてきた。

観光客の中にドイツ人の医師がおり、ヘリが到着するまでの間、応急措置が施された。医師とケイトだけが活発に動き、周作と栗城はおろおろと見守るばかりであった。

ぴくりとも動かない早瀬とともに周作らはダイヤモンドヘッドの山頂からヘリコプターで飛び立った。皮肉なことに、周作は五十年前と同じように、オアフ島を上空から見下ろすこととなった。

光がそこかしこで跳ねていた。早瀬が死ぬかもしれないというのに、周作は眼下に広がるホノルルの景色を見つめていた。

脱け殻のように、周作は廊下の長椅子の背に凭れかかっていた。それまでの気力がどこかに失せて、今にも消えてなくなりそうなほどに小さくなっていた。ケイトは戻ってくるなり、二人の前に椅子を持ってきて腰掛けた。顔色が冴えず、早瀬の容体が相当に悪いのが分かった。あるいは死んでしまったのかもしれない、と周作は想像し、瞬きさえできない緊張を覚えた。

「あんな状態でよくあそこまで登れた、と医者が驚いていました」

ケイトの声が明るい病院の廊下に暗く響いた。栗城が、あんな状態って、どういうことかね、と訊き返した。

「癌細胞が全身に転移していて、手がつけられない状態だそうです。どうしてそれを黙っていたのですか？　知らなかったの？　どうしてそんな身体でハワイに来たの？」

周作は栗城と顔を見合わせた。それぞれの目の中に、この数日の経過が蘇っていた。そしてお互いの眼球の中に淡く切ない光を見つけ出すと、涙に似た悲しみが心の淵を濡らした。早瀬はハワイで死ぬつもりだったのだ。あいつは最初から、俺たちに看取られてここで最期を迎えるつもりだったんだ。周作は奥歯を嚙みしめた。そのつもりで熊本から出てきたんだ。

「セカンドバッグの中からモルヒネと注射器が出てきました。末期癌の患者が痛みを止めるためのものだと医者が言っていました」

血圧の薬を飲む周作と栗城を揶揄《やゆ》した早瀬。このとおり健康たいね、と笑いながら日本酒を呷った戦友の安芝居を周作は思い返していた。

「手術をした痕が全身にあるので、本人は自分が末期の癌だと知っているのではないか、とお医者さんが言ってます。皆さんは知ってた？　知ってたら私、登らせなかったよ」

不意にケイトの目に涙が溜まった。それまで我慢していた気持ちが溢れ出るように、大粒の涙が彼女の頬を伝った。数十秒、彼女は自分を律することができずに激しく泣いた。それから、長い髪を振り上げ、鼻をすすると、今度はしゃんと背筋を伸ばして、周作を睨んだ。

「これからどうするか決めなければなりません」

はっきりとした口調でケイトはそう告げた。

35

早瀬は周作らと一緒に「夏の家」に戻ることはできなかった。容体が安定するまで、集中治療室から出ることも、面会もできなかった。

「しかしだね。とにかく今は動かせない状況なんです。誰かご家族の方が来て傍に付き添うようにしてもらった方が本人は嬉しいかと思います」

周作は早瀬の実家に電話をかけたが、早瀬の長男の口調は重たかった。

「勝手なことばかりするんです。まるであてつけのようにハワイに行って、そこで倒れて、いったい僕たちにどうしろと親父は言いたいんですかね」

半ば愚痴のような口調に変化した。

「それは私には分からない。あなたは息子だろ。血が繋がった親子でしょ。早瀬は寂しがっていた。もう残り時間がないっていうじゃないか。だったら、最期くらい親孝行をしたらどうかね」

「親孝行をしたくとも心を開いてくれないし、僕らのことを信じてもくれないんですよ。何度も手術をして、闘病生活に疲れたのは分かるけど、そのたびに、僕も妻も、弟や妹もみんなで励ましてきたのに、ここにきて、病院を抜け出して勝手にハワイなんかに逃げ出して。ダイヤモンドヘッドに登った？　あんな身体で、なんのためにですか？　あてつけですか？　どうしろって言うんでしょう。みんな困り果てているんです。白河さん、白河さんは父の親友でしょう。教えてください、僕らはダメな息子どもですか。どうしてそんなに心を閉ざすんでしょう。僕らは僕らで頑張って、父が興した会社を運営してきました。父は疎外感を抱いていたみたいだけど、無理をさせるわけにはいかないじゃないですか。会社だって何度も不渡りを出しているんです。でも、それは僕らの責任なんだから、死にかけている父には言えない」

早瀬の息子は最後は涙声になっていた。子供には子供の立場や意地や誇りがある。一方的に彼らを責めるのは間違っている、と周作は思った。ここで彼らを怒鳴ることができれば、どんなに気が楽になることかと考えたが、それは呑み込むことにした。

「とにかく、事情は分かりました。でもね、今、君のただ一人のお父さんはここで死にかけているんだ。ここから動かすことはできないと医者は言っている。容体はかなり酷いし、飛行機に乗せて日本に帰すのはとんでもないことのようだ。しばらくは様子を見る必要がある」

「しばらくってどのくらいですか？」

周作は、いつ死ぬのでしょう、と早瀬の息子に急かされたような気がした。できれば早く死んでくれた方が楽なのに、と聞こえてしまった。

「そんなの分かるわけない。俺は医者じゃないんだ！」

横にいた栗城が立ち上がり、周作の肩を優しく叩いて宥めた。周作は咳払いをすると、心を落ちつけるために、ゆっくりと深呼吸をしなければならなかった。

「日本に護送できるかどうかは、安定するかしないかによるらしいけど、今はまだ集中治療室から出ることもできない状態だし、なんのメドも立っていない。このまま帰らぬ人になる可能性も高い。だからね、取り敢えず、君でもいいし、奥さんでもいい。誰か親族がこっちへ来てだな、いろいろなことを引き受ける必要があるんじゃないか」

早瀬の息子は、ええ、もちろんそうです、と答えたが、その声は低く、聞き取りづらかった。

「今はたまたま縁のあったこちらの人のご厚意に甘えて、世話になっているが、そうもいかない。君たちはワイキキにマンションもあるんだろ」

「あれは人手に渡る手続きの最中で、使うことができません」

周作は、憤りをぐっと堪えなければならなかった。話しているのが、早瀬の息子ではなく、茂久や邦久や知久のような気がしてきた。自分がここで倒れたら、あいつらはすぐに飛んできてくれるだろうか。飛んでくるだろうが、でも気が重いに違いない。血の繋がりの寂しさを考え、周作は嘆息をもらした。

電話を切った後、周作は栗城に、いつから日本人はこんなに薄情になってしまったんだろうな、と呟いた。栗城は肩を竦めた。

「俺は独り身だから、薄情だろうと家族があるのは羨ましいがね」

周作は栗城の目を見た。黒目を包む白い部分が濁っている。旧友は微笑んでいたが、無理がそこかしこに滲み出ていた。急に窶れて老けてしまったような疲れた顔だった。

夕食後、佳代に、遠慮することなくバンガローを使ってくれて構いませんよ、と言われた。迷惑をかけることはできない、と周作は返したが、他にどうしていいのか見当もつかなかった。

「でもどうされるおつもりですか？」

佳代が言った。周作も栗城も答えなど持ってはいなかった。

「どうしたらいいものか。私たちは時間だけはあるので、早瀬の傍にいてやりたいと思っているんですが」

「だったら、ここにいてください。病院までは私かケイトが送ります」

「でも、それじゃあ。迷惑をかけすぎてしまう」

佳代は優しい笑みを口許に浮かべて、首を左右に小さく振った。

「日本人はいいことを言うじゃないですか。これも何かの縁ってね。人情だけは祖先から受け継いできているから沢山あります」

栗城が鼻をすすった。早瀬が倒れた今、日本に帰ることも、いつづけることも、自分たちで決めることはできなかった。佳代とケイトの厚情があってはじめて、早瀬の傍にいることができた。

「娘も自分の父親の時のように一生懸命になっています。私も娘も、きっとジョンだって、早瀬さんの力になりたいんです。自分の家だと思ってここを自由に使ってください」
周作は頭を深く下げた。そしていつまでも頭を上げることができなかった。

36

周作は今日も頑固だ。頑固なのはもう構わない。でも、頑固すぎるのは困る。昨日は、帝都銀行荻窪支店の支店長代理という人が突然やってきて、このたびは大変申し訳ないことをいたしました、と謝られた。周作がキャッシュディスペンサーの列に並んでいたところ、会社員風の男が割り込んだらしい。確かに今日は例年にない暑さでみんなイライラしていた。それに列は相当長かったらしい。その会社員は単身赴任の方で、家の方に急な送金が必要だった。割り込む時に、その前後の人には事情を説明したのだが、最後尾に並んでいた周作には当然、ただの割り込みにしか見えなかった。やれやれ。周作は大声で、おい、今割り込んだ奴。みんなこの暑い中、ちゃんと並んでいるんだ、割り込むな、と怒鳴った。周作は普段から声が大きい。くしゃみですら隣の犬が吠える。窓を閉めておかないと、我が家の事情は全てご近所につつぬけなのだ。周作が本気で怒ったら、それがどれほどの声だったかは想像がつく。銀行強盗が来たのではないか、と振り返った受付嬢もいたことだろう。すぐに係の人が周作のところにやってきて、割り込んだ男の人と周作との間に入り、会社員がよんどころない事情で割り込んだことが説明された。でも、周作はここからが周作である。今度は銀行の人に、お宅の銀行はATMの前がいつも混んでいる。なのに改善しようとしないからこういう事態を招くのだ、と抗議をはじめた。応対に出た銀行員がまた若かった。言葉遣いを間違えている、と今度はその銀行員が責められた。周作は昨今の日本人は日本語を知らない、と怒鳴りだした。で、その支店長代理の登場となった。支店長代理といっても、知久と同じ歳の息子みたいな青年である。わざわざ別室に招いてくれたそうだが、案の定、小一時間、周作に説教をされたのだそうだ。予想どおり、お前じゃらちがあかない、支店長と話がしたい、と言いだした。生憎《あいにく》支店長さんは外出されていた。いえ、いたのかもしれないが、普通だったら出てこない。支店長室でおとなしく成り行きを見守っていたに違いない。すると周作は、預金を全て下ろす、と言いだした。預金を下ろすと言ったって、そんな下ろすほどのお金がどこにあるのかと言いたくなるほどの預金なのに。戦友会の人間の中にお宅の銀行の出身者がいて、わざわざ違う銀行から預金を移したのだ、と言ったらしい。やれやれ。私は支店長代理が気の毒で仕方がなかった。しまいには、新聞に投書をすると言いだしたので、支店長と相談の上、こうしてわざわざ謝りに来てくださったという次第であった。菓子折り代だって馬鹿にはできない。利子でさえあんなに少ししか出さない銀行が、モロゾフのケーキを持ってきた。周作が甘いのが苦手なのを知らないで。頑固なのは一向に構わないが、過ぎると困る。でも周作のそこがいいところだな、と私は思っている。あなたがおとなしくなったら、その時は確かに日本はもうお終いのような気がする。いいのよ、周作。あなたはあなたのままでいて。

37

周作は今日も元気だ。朝から都知事の講演を聞きに、どこだかの市民会館まで出掛けていった。午後戻ってきて、家でごろごろとした後、夕方、区役所に行き、荻窪の明るい街づくりを考える会に出席。その後、再び戻ってきて、夕食を食べた後、七時から戦友会の人たちと吉祥寺で飲んだ様子。この戦友会の人たちというのがどうも怪しい。誰と飲んだの、と訊いても、いつもの奴らだ、と答えるばかり。この間のことがあるから、周作が寝た後、上着とかズボンのポケットを調べてみたら、見覚えのない女性のハンカチが出てきた。私は今、そのハンカチを見て、どうしようか迷っている。隅にS・Dとイニシャルが刺繡《ししゅう》されている。この前の人はT・Hだったので、その人ではない。周作の電話帳にはS・Dという名の人はいない。きっと新しく開発した飲み屋のママに違いない。周作はもてすぎる。七十歳になろうかという年寄りのくせに、なぜか女性の匂いや気配や存在が周辺から消えない。無口で、眉毛が太く、苦み走っているせいだろう。カウンターの隅っこなんかでちびちびやられると、ぐらっとくるのかもしれない。滅多に笑わない人だけど、にこっと微笑む時の俯き加減が魅力的だし、ぼそっと本質をついた一言を呟いたりするものだから質《たち》が悪い。そういういちいちが女心をそそるんだろう。

もてない人よりもてる人の方がいいじゃない、と悦子は言うけれど、でもね、私は周作がもてない方がいいの。年寄りは年寄りなんだから、色気なんか出してほしくないの。いいえ、周作がわざと色気を出そうとして出しているのでないことは分かっている。勝手に出てしまうのだ。それだけに始末が悪い。器量が悪くても全然よかったのに。背だって低くてよかったのに。鼻だって団子っ鼻でもよかった。目だって新月のようでもよかった。苦み走っていなくてもよかった。誰にももててほしくなかった。この歳まで心配しなければならないとはまさか思いもしなかった。不器用で堅物な人間は普通なら嫌われるのに、なぜか周作は男にも女にももててしまう。生まれ持った何かがあるのね。分かる。だから私は、あの人を選んだんだもの。他に好きな人がいたのに、周作を選んだ。私が見つけたのよ。私が見つけたんだから。

でもね、周作。もう疲れた。疲れちゃった。ハンカチをくれたS・Dさんも、あなたがちょっとお酒かなんかを零して、ご親切なことに、それを拭いてくださったにすぎないんだろうけど、じゃあ、なんであなたのポケットにハンカチが入っているのかしら。洗濯して返すよ、とか言ったの？　まさか、あなたはそんな気障《きざ》なことを言える柄じゃない。じゃあ、その人が勝手にあなたのポケットに押し込んだのかしら。いやだわ、どういうシチュエーションで？　想像するだけでぐったりする。その可愛らしいママさんに見せてやりたい。今、私の横でぐうぐうイビキをかいて寝ている周作を。

ねえ、周作。愛ってこんなに疲れるものなのかな。あなたと出会って四十五年も経った。信じられないけど、もうそんなに経った。悦子はいつも羨ましがる。私がいまだに周作を愛してやまないことを。悦子のところは、結婚してすぐに悦子が冷めてしまった。悦子が夫の他にずっとお付き合いしていた人がいたのも知っている。それも二人。ねえ、周作。私にはいなかったよ。私は結婚してから、あなた以外の人を好きになったことはなかった。あなたは？　あなたはどう？　ハンカチの人は誰？　この間の香水の人？　でもあなたがそんなだらしのない人だとはどうしても思えないの。だから平気だって自分に言い聞かせているんだけど、でも実際にイニシャル入りのハンカチを見たら、誰だって疑いたくなるでしょ。それもあんなに可愛い柄なんですもの。

ねえ、周作。愛ってなあに。私、あなたが帰ってくるまで、ずっと眠れないで起きている。

考えたらもう四十五年もずっとよ。きっと明日も明後日もあなたの帰りを寝ないで待っている。私が読書好きになった理由は、小説が好きだからではないの。この寂しい夜の果てしない時間を埋めるためなのよ。

私は今夜からしばらくS・Dのイニシャルについて考えを巡らすことになるのね、きっと。

Sはショウコ？　シノブ？　サエコ？　セツコ？　ソノコ？　スズ？　サオリ？　サキ？

それとも、サヨナラ・ダイスキデシタ？

38

事故からまる一日が過ぎても、依然、早瀬の家族がハワイにやってくる気配はなかった。

「どうなっているんだ。早瀬んとこの家族は」

周作は憤懣《ふんまん》やる方ない気持ちを栗城にぶつけた。なんの連絡もないってどうなってるんだ。それが血の繋がった者のすることか？

栗城は、力なく首を振るしかなかった。一夜明けても、早瀬が集中治療室から出るメドはたたなかった。意識がなく、危険な状態が続いた。

「早瀬が死ぬのを俺たちはずっとここでこうして待てばいいのか」

周作は自分自身に問うように声に力を込める。朝食を済ませ、従業員たちがラジオ体操をする様子を静かに眺めた。ケイトがジョンの手を引いてやってきて、学校に送ったら身体が空くから、それから病院へ一緒に行きましょう、と告げた。申し訳ない、という気持ちと、病院に行ってもどうすることもできない歯がゆさで、二人の「ありがとう」には希望の響きが薄く、力がなかった。

「元気を出して」

ケイトが悲しそうな顔で、周作の目を見て呟いた。

「ジョン、おじさんたちに渡すものがあるでしょ」

ケイトが言うと、ジョンは持っていた袋を周作の方に差し出した。中に千羽鶴が入っていた。

「昨日、ジョンと私と従業員たちみんなで、マゴコロ込めて折ったんです」

周作は千羽鶴を取り出し、眺めた。日本語で、はやく元気になってね、みんなから、とクレヨンで書かれたカードが添えられていた。従業員たちに聞こえるように、サンキューベリーマッチ、と周作は声を張り上げた。栗城が、ジョンの目の高さにしゃがんで、少年の頭を摩った。ジョンが英語で何か囁いたが、それははっきりとした言葉にはならなかった。ジョンがケイトの袖を引っ張り、こそこそと耳打ちした。

「また早瀬のおじさんと遊びたいと言ってます」

周作もしゃがみこみ、オッケー、みんなで祈ろう、と応えた。ジョンの褐色の顔の真ん中で白目が赤く充血していた。早瀬はジョンを孫のように可愛がっていた。周作はたまらず、ジョンを引き寄せ、早瀬の分まで抱きしめた。

ケイトとジョンが出掛けた後も、周作と栗城は持って行き場のない気持ちを抱えたまま、「夏の家」の裏の駐車場で流れゆく雲を見上げて過ごした。火炎樹の下にできた僅かな木陰に腰を下ろし、ケイトが戻ってくるのを待っていた。周作の手元にはジョンたちが一生懸命拵えた千羽鶴があった。佳代が折り方を指導したのだろうが、中にはきちんと鶴の形をしていないものまであった。けれどもその一つ一つの鶴には、人々の思いが込められている。周作の手元に柔らかい力が宿った。

鷹が一羽クウラウ山脈の方角から降りてきて、火炎樹の上空で旋回をはじめた。

「あいつ、最初から、ここで死ぬ気だったな。最近は身体の調子が良くて、薬も飲んでいない、だと。大嘘つきめ」

栗城が呟いた。周作は鷹を見つめた。翼をほとんど動かさず、グライダーのように飛んでいる。すーっと舞い降りたかと思うと、またすーっと上昇した。風の流れに乗って、遊んでいるようだった。

「一緒に登っている時、あいつ変なことを言いやがった。これからうんと迷惑をかけることになる。すまないって」

「迷惑か」

周作は呟く。それから足元の石を拾い、鷹をめがけて投げた。石は鷹に届くどころか、数メートル上空をひやかしただけで、すとんと落下した。なあ、と周作が青空に視線を置いたまま呟いた。

「ここでじっと待っているというのはあまりに悔しくないか」

栗城は黙ったまま、周作の次の一言を待った。鷹が何かの気配を察知したように、再びクウラウ山脈へ向かって飛び立つのと前後して、庄吉のトラックが敷地に入ってきた。周作が立ち上がると、トラックはすぐ目の前で停止した。降りてきた庄吉が、佳代さんに聞いたけど、大変なことになったな、と慎重に言葉を紡いだ。コロンビア人の背の高い従業員が走ってきて、荷台に積んである乳製品を下ろしはじめた。

「俺にできることがあればなんでもするよ。同じ日本人の血が俺にも流れているんだ。遠慮なく言ってくれ」

栗城が、ありがとう、と礼を言った。庄吉が千羽鶴を見つけて、祈りが通じることを俺も祈るよ、と付け足した。

「庄吉さん、ちょっとお願いがある」

周作が一歩庄吉ににじり寄った。

「あれを自分たちの手で修復して、もう一度飛ばしてみたい」

庄吉の浅黒い顔の中で、太い眉毛や口許や目元が、中央にぐいとにじり寄る。栗城も思わず身を乗り出した。三人の男を太陽の光が直射した。三つの影が重なり合って、結び目のようになった。

そうかね、と庄吉は一言呟いたが、それ以上の言葉は口にしなかった。迷いもあったが、周作は九七式艦攻を自分たちの手で蘇らせなければならないような気がしてならなかった。ほっておいても、九七式艦攻は遠くない将来世の中に出てしまう。ならば、生き残った自分たちの手で蘇らせることが、周作にとって、あらゆることの筋道のような気がしてならなかった。

39

周作と栗城は庄吉のトラックに乗り込み、牧場を目指した。三人の男たちはしばらくの間ずっと無言だった。周作は集中治療室の薄暗い部屋で一人死と向き合っている早瀬の痛々しい姿を想像していた。庄吉が察して、病院に行かなくてもいいのかね、と口を開いた。真ん中の席に座っていた栗城が周作に代わり、じっとしていられないんだ。病院にいても何もしてやれない。問題は肉体じゃない、魂だろ、と返した。

「俺たちにも時間がない。どんどん死んでいく。でも九七式艦攻は存在している。あそこまでの状態で残っている以上、いつか誰かがあいつを蘇らせる。あんたかもしれないし、他の誰かかもしれない。でも、誰でもいいというわけじゃないんだ」

周作が栗城の言葉を補った。

「早瀬は死を覚悟してここに来た。そこで待っていたものが九七式艦攻だった。これは縁だ。呼ばれたとしか思えないね。再び生まれようとしているかつての愛機を、どう蘇らせるかは、俺たちの最後の役目のような気がする」

「最後の役目か」

「ああ、でも誤解しないでくれ。国のためとか、戦死した人々のためとか、歴史のためとか、戦争を風化させないためとか、そういうありきたりの理由じゃない」

再び無言が続いた。栗城はずっと目を瞑っていた。

「じゃあ俺は、なんのために、あの九七式艦攻を蘇らせればいいのかな。早瀬さんのためではないだろう。あれを匿ったパパのためというのでもない」

庄吉の言葉に周作はかぶりを振った。

「俺はアメリカ人だ。アメリカ人としてどういう立場でいればいいのか、まだ結論が出ていないんだよ。最後は俺はアメリカ人として行動をすることになると思う。どこまであんたたちの立場で応援できるか分からないよ。もしかしたら途中で一切手伝えなくなるかもしれないし、土壇場で俺はアメリカ人として行動に出るかもしれない」

それでも構わないし、それは当然のことだよ、と周作は諾った。

「じっとしていられないんだ。病院のロビーで、あのうすのろな日差しなんかを眺めていることはできない。なんたって俺たちにも時間がないんだ。葬儀委員長ばかりやってられないよ。もしもだ、九七式艦攻が蘇るなら、早瀬もあるいは生き返るんじゃないかって、どこかでそう思っているようなところもある」

周作は長いため息を零した。

「戦争だと言われて駆り出され、青春の全てを捧げてきてしまった。国のためだと言って、みんな命を捧げてきた。無我夢中で爆弾を落としてきた。戦争が終わって、残ったものは心の傷ばかりだった。せめて、最後くらいは、何かのために、ではなく、自分の意思に忠実に立ち向かってみたい。九七式艦攻を蘇らせる。人生の半分を、いや全部を棒に振ってしまった俺たちの、それが最後の役目」

40

一秒一秒が今までにないほどに静かに流れていた。汗を拭うたび、早瀬のことを思い出した。生死の境を彷徨う年老いた戦友のことを思った。早瀬が最後に告げた言葉が、周作の耳奥で幾度も蘇っては意味を投げつけてきた。

——俺の灰はここの海に撒いてほしかったい。

木漏れ日が翼の上に美しい模様を描いていた。栗城は一つ一つの部品の点検をはじめていた。庄吉は倉庫の前に揺り椅子を持ち出し、そこに座った。サングラスをかけ、足を組み、中立の立場で作業を見つめている。周作はコックピットに座り、栗城の指示を受けて、それぞれのレバーやボタン——プロペラピッチ調整レバー、スロットルレバー、ブーストレバー、点火スイッチ、油圧手動ポンプ、操縦桿、ブレーキペダル、などを動かした。

風防ガラスに貼られた田部大尉の家族の写真にも、木漏れ日が仄かな模様を拵えていた。モノクロの小さな写真の中で家族が畏まっていた。真珠湾の出撃前に写したものだろう、誰もが緊張の面持ちをしていた。祈るような、縋るような、強張った顔がカメラのレンズを睨み付けていた。戦中戦後と、ここに写っている妻や子供たちはどのような人生を歩んだのであろう。ここで自殺をしなければならなかった田部大尉のことを、周作は自分に置き換えて考えていた。旗艦赤城から飛び立つ瞬間、周作も小枝のことを考えた。周作を送り出す時に彼女が見せた涙の粒を、それを縁取った光の輝きを、思い出していた。

41

周作は昔話をしたがらない。戦争の自慢話を誰よりも嫌がる。撃墜王という異名を持っていたのに、決して偉そうにはしない。当時のことを子供たちの前でも絶対に話すことはない。いいえ、子供たちの前だからこそなおさら、話さない。知久が自衛隊に入った時も、パイロットになることには賛成したが、戦闘機に乗ることには随分長いこと反対だった。知久が、真珠湾奇襲作戦の話を聞きたい、と言った時も、険悪な空気が流れた。行きたくて行った戦争ではない、とテーブルを叩いた。戦争の怖さを知らないくせに、大きな口を叩くな、と、最後には持っていた湯飲みを床に投げつける怒りようであった。それ以来、白河家では、真珠湾作戦の話は御法度となった。やれやれ。

私には一つの忘れがたい思い出がある。今朝見た夢もその時の映像だった。周作が鹿児島航空基地へ赴任して、二カ月が経っていた。私が妊娠したことが分かり、ほとんど日帰り同然で鎌倉まで戻ってきた日の翌朝である。きっともうじき大きな作戦がある。もしかすると今度の作戦では、生きてかえってこられないかもしれない、と一言告げた。はっきりとした宣言のような口調だったので、今度の相手はアメリカではないか、とぴんときた。アメリカと開戦するの、と訊いたが、それは分からない、と周作は首を振った。ただ今までにない激しい訓練が行われている、とだけ呟いた。日本はアメリカとの戦争を回避するとみんな信じていたし、新聞やラジオのニュースでも、誰もそんなことは口にさえしていなかった。あの時、周作はうすうす奇襲作戦が行われることを知っていたのだ。でも、その中身については、家族にも話さなかった。私にももちろん話さなかった。自分は軍人だから、軍人と結婚する以上、覚悟をしてもらわなければなりません、と結婚の前日に言われたことを思い出していた。はい、と私は頷いたが、あの日の朝には、こういうことなのだ、と喉元に刃《やいば》を突きつけられたような冷たい殺気を感じた。日本が真珠湾を奇襲したことがニュースで流れた時、周辺の盛り上がりとは反対に、私は一人沈鬱《ちんうつ》に落ち込んだ。

周作は、若い人たちの戦争談義に対して、異常なほどのアレルギーがある。戦争経験者が、仲間たちの犠牲の上に今の時代があることを忘れて、太平洋戦争の華々しい部分だけを自慢し合っているのも、周作は決して認めない。アジアの人々の反戦集会にも時々顔を出している。戦没者の慰霊祭への出席も欠かしたことがないだけではなく、犠牲となった韓国や中国の人たちへの追悼も欠かしたことがない。特別な信仰もなく、木偶《でく》の坊のような愛国心だけを抱えて、今の日本に激怒しつづける周作。あなたの愛国心は本物だと思います。でも、そんなに自分を責めるように日本を愛したら、あなたが壊れてしまうし、どこかで人間は流さなければ保《も》たないこともあるでしょ。軍人だから、戦った。でも今は一人の市民だ。だから自分で考え、自分で道を決めていきたいんだ。あなたはそう言ったわね。

今日、終戦記念日。あなたは戦友会の人々の誘いを断り、一人でどこかに出掛けていった。それがどこかは訊かないことにする。あなたらしい終戦の日を過ごしてくれればそれでいいと思っているから。

42

周作のことが心配で、今日は一日、家事ができなかった。あなたが不意にどこか私の手の届かないところへ行ってしまいそうだから。理由は分からない。なぜそう思うのか分からない。これだけ長く夫婦をしているのに、ふっと、あなたがいない世界がやってきそうで。

分からないのよ。分からなくなる時がある。分かり合っていると思ってきたのに、時々、ふっと、いったい私は周作の何を分かっているのかしらって思うことがある。あなたを理解しているようで、実は全く理解していないんじゃないかなって不安になる瞬間があるの。

同じ人間だけど、夫婦といえども別人でしょ。他人でしょ。違う人間だもの、全部を理解できるはずはないって、自分に言い聞かせるんだけど、でも、周作のことは私が誰よりも一番知っているんだし、私だけが理解しているんだって思っているけど、でもね、ふっと、私よりあなたを理解している人がいるような気がするの。どこか違うところに。たとえば隣町とかに、あなたが帰るもう一つの家が存在していたりするのかしらって思ったり。そんなはずがないのは分かっているんだけど、それくらいの不安に襲われる時がある。さっきもそう思った。あなたがどこかへ出掛けると言いだして、午後、急に家を出たでしょ。どこに行くのと言っても、ちょっとそこまでと言うだけ。いつもそう言うだけだから、別に気にする必要はないのに、ふと、あなたはそう言って、どこか別のところにあるもう一つの家に戻っていってるのかなと想像してしまったの。そこにはもう一人の妻がいて、世界で一番あなたのことを理解しているんだって確信していたりするんじゃないかって。思い当たることがありすぎる。

少し前から続いている、無言電話。あなたは、おかしな男の悪戯《いたずら》電話だって言ってたけど、私には微かに女性の呼吸音が聞こえたの。女の勘だけど、向こうも私の呼吸音をじっと聞いていたような気がした。電話をしている場所は、遠くじゃないのよ。幾つかの路地を曲がった、幾つかの交差点を越えた、幾つかの商店街を抜けた先にあるアパートの二階で、そこには、私以上に長いこと悶々《もんもん》として生きてきた人がいて、その人が心を病んで、私の存在が重たくて、悲しみと向き合うことに疲れて、痛みを乗り越えようと、電話をかけてきたのではないかって。二人して、心臓を破裂させそうなほど、電話機を見つめ合って、息を潜めながら、存在をぶつけ合った。その人は、これでもかというくらい、思いを伝えてきてた。あんな電話はただの悶々とした青年の悪戯電話とは違う。もっと強い意志のある脅迫。私はここにいるのよ、あなただけが周作を理解しているんじゃないのよって、脅されているような凄味を覚えた。苦しい沈黙。耐えがたい敵意。私だけが知らなかったもう一つの世界。

私はそういう時に、周作の何を見てきたのだろうって、考えてしまうの。もしかしたら、実際の周作はもっと違う人間なのかもしれないって考えてしまう。だって、あなたはあまりにも分かりやすいでしょ。分かりやすすぎるんだもの。そんなに分かりやすい人間はいないから。

あなたが帰ってくる前に眠る。お医者さんにもらった睡眠薬を飲んで寝る。それをお酒に溶かして寝る。おやすみ、周作。帰ってきてね。ちゃんと私のところに。

43

日脚が移って、栗城がやっと一服した。周作はコックピットから出て、主翼に座り、どうだ、と栗城に声をかけた。栗城は煙草を吹かしながら、傾きはじめた太陽を見上げた。

「飛ぶかもしれない」

栗城は庄吉の方を振り返り言った。周作も庄吉を見た。揺り椅子に深々と腰掛けていた庄吉が立ち上がり、微笑んだ。

「いや、最初は触るのもいやだったよ。でも長いことこいつを見ていたら愛着が湧いてきた。子供の頃は戦闘機が好きだった。戦闘機乗りにはなれなかったが、整備の仕事は楽しかった。戦争が終わって間もない頃、軍の整備工場でグラマン戦闘機の整備を手伝ったことがある。その経験が役に立った。部品も当時の仲間からこっそりと分けてもらったり、買ったりした。整備しているうちになんだか愛着が湧いてね。いざという時のために、維持しつづけてきた」

庄吉は目を細め、九七式艦攻を見上げた。

「俺には女房はいないが、こいつとは五十年も一緒なんだ。こいつはもう他人とは思えない。パパとママが死んだ後もこいつだけが俺のただ一人の友達だった。ここで、こいつのエンジン音を聞くのがささやかな幸福だったし、俺の日常だったし、人生の会話だった。調子のいい時の音は好きだ。機嫌がいいんだなって、分かる。ブルンブルン、快調な音をあげる。季節によって、気分によって、こいつのエンジンはいろんな音を俺に伝えてきた」

　庄吉は浅黒い顔を機体の方へ向けた。

「でも俺には整備はできても、これを直すことや、飛ばすことはできない。できるかもしれない、と思ったことはあるよ。でも行動を起こしたことはなぜかなかった。パパも同じだ。パパが生きていた頃、二人で飛ばしてみようとしたことはあった。でもやはり無理だった。最後は、クラシックカーのコレクターと同じような気持ちになっていったよ。これが飛ばなくても、ここにいつづけてくれることでよかった。こいつを眺めているだけでよかったんだ。被弾して壊れた機体を修理したり、エンジンの整備をしたり、それが精一杯だった。でもいざという時を期待しなかったわけじゃない。いつかはこいつを大空に戻してやりたいって思うのは、五十年も連れ添えば当たり前だろう。そしてあんたたちが突然、俺の前にやってきた。神様が、その時が来たって俺に囁いたんだ」

　栗城は、でもまだ飛ぶかどうかは分からない、と呟き機体を振り返った。

「昇降舵《だ》や方向舵はまずまずだが、主翼のフラップの動きが鈍い。油圧系統に問題がある。取り替える必要があるだろう。エンジンは本当に奇跡的にいいコンディションが保たれているが、燃料タンクのリベット部が弱っていて、燃料漏れを起こす可能性がある。エンジンの始動装置、燃料系統、潤滑油系統などの細かい調整が必要だろう。この九七式三号は、一号の光型エンジンから、より軽量小型化した栄型エンジンへと転換してできた、移行期のものだ。技術革新のど真ん中で完成したパワープラントだから、試行錯誤の結晶というか、当時は十四シリンダの画期的なエンジンだったんだが、それだけにデリケートでもある。しかも五十年もの年月が流れているんだ。この状態でも、飛ぶのは奇跡としかいいようがないな」

海岸の向こう側から近づく人影があった。栗城が気づき、ケイトだ、と呟いた。近づいているのに遠ざかっていくような歩き方である。ケイトの表情は厳しかった。

「どうして黙って出掛けるんですか？」

ケイトは周作の真正面まで来ると、まっすぐに目を見て告げた。

「こんな時にここで何をなさっているの？　これを飛ばすつもりですか？」

興奮していた。苛立ちをぶつける場所を探しているような、そういう口調である。

「早瀬さんが亡くなりました」

ケイトの目がみるみる赤くなった。そして彼女は俯き、掌で顔を覆うと、悲しみを嚙みしめるように泣きだした。

44

周作は笑わない。最後に笑ったのはいつだろう。怒った顔はしょっちゅう見ているのに、考えてみたら笑った顔を見た覚えがない。本当に堅物だ。落語を見ていても、みんなが笑うべきところで、眉間に皺を寄せている。可笑《おか》しくないの、と訊ねると、いや、面白いよ、と答える。見終わった後に感想を訊くと、素直に心を許せなくてね、と言った。誰に気兼ねして？　誰にそんなに遠慮しているの？　テレビに？　それとも私？　テレビの落語にさえ、心を許せないのね、あなたって人は。

今日、栗城さんと会った。これは周作には内緒。随分と思い悩んで、電話をかけて、出てきてもらった。困り果てた顔をして現れた栗城さん。ごめんなさい。でも他に頼れる人がいないの。悦子には相談できるけど、彼女は周作の良さが分からない。いえ、分かっているけど、あの人も女だから、あまり周作には近づけさせたくない。

悦子に相談すれば、絶対、別れなさい、と言うに決まっている。それじゃあ、本質は見えないままだ。周作のことを相談できる人はいない。栗城さんは周作と一番長く一緒に飛んでいた。戦場の女房役でしょ。だから、誰よりも周作のことを知ってるんじゃないかって思って。お団子屋で話をした。あの人、どこかに好きな人がいるのではないかって単刀直入に訊いてみた。驚いた顔をしていた。訊いた瞬間、しまった、と後悔した。やってはいけないことをしてしまったって、すごく後悔した。そしたら急に涙が出てきて、お客さんが大勢いるのに、ハンカチで顔を覆ってしまった。栗城さんはいい人だから、内緒にするよ、と約束をしてくれた。それから、白河はそんなことをする人間じゃない、安心しなさい、と慰められた。久しぶりに他人に心を許し、自分の内側を見せたので、いつまでも涙が止まらなかった。でも泣くことができて、楽になったのも確か。栗城さんを信じなければならない自分が惨めで、夕御飯の支度をしながらまた泣いた。なんで周作を信じてあげられないのか、分からない。信じているのに、疑っている。栗城さんに言われるまでもなく、周作が浮気をするだなんて思ってはいない。私は少しおかしいのかな。眠れない日が続く。去年、眠れない、と周作に相談した。医者に行けよ、と言われた。私は狂ってなんかいない、と怒鳴ってしまった。でも思い当たるところがある。壊れてきているって思う。結局、精神科にこっそりと通っている。睡眠薬を貰った。一錠では効かなくて、最近は二錠になった。でも周作は私が睡眠薬を飲んでいることすら知らない。茂久が何かの拍子に気がついて、お袋、これ飲んでいるの、と薬袋を目の前に突きつけた。ええ、と答えた。それから間もなく、息子たちに呼び出された。父さんには、言えない、と彼らは口を揃えた。父さんに話したら、また怒鳴るだけだ、と邦久が言った。でも私は、その時の彼の顔を見てみたい、と思った。

テレビで落語をやっていた。私は笑えなかった。本当だ。ちっとも可笑しくない。なんでそんなくだらないことで今まで笑っていたんだろう。あの人は横で耳を掃除していた。私が耳掻きを周作から横取りし、彼の頭をそのまま私の膝に乗せた。耳の奥に大きな耳垢《みみあか》を見つけた。汚い、と言うと、周作は、お前に取ってもらおうと思って、大事に育てていたんだ、と言った。ふと見ると、横顔が笑っていた。私も嬉しくなって、思わず微笑んだ。周作が笑うと、私も嬉しい。

45

一生というものを秤にかけてみる時が、人間には必ずある。自分の人生の意味を振り返る時がある。周作はまさにその時を迎えていた。後悔と達成感とを比較して、自分の一生に評価を下す時だ。

早瀬光男の亡骸《なきがら》と対面した時、周作は自分は敗北したのではないか、と考え、力が全く出なくなった。動かなくなった早瀬の身体を手で軽く揺さぶってみたが、すでにはじまっている死後硬直のせいで、肉体はぴくりとも動かなかった。早瀬の一生はそこで終了した、という事実だけが目の前には横たわっていた。

そしていずれ、遅かれ早かれ自分もそうなる。七十五年間、精一杯生きてきたつもりなのに、どうしてこうもの悲しいのだろう。周作は、まるで十歳の子供のように、不安になり泣きたくなった。どんなに頑張ってもどうしようもない現実として、人生の出口で清算するものが待っているのだ。

早瀬は自分の死を知っていた。だからかつての戦友を誘い出し、亡びる寸前の肉体を隠して、ハワイを目指した。

周作は動かない早瀬の死に顔を見つめながら考えた。日本に自分の死に場所はない、と思ったのだろうか。そして明らかに彼はハワイで死ぬつもりでやってきた。そういう意味では、彼には達成感があるのかもしれない。思いどおり、ハワイで死ぬことができたのだ。最後の最後に、自分の灰を海に撒いてほしい、と遺言まで残すことができた。早瀬光男の結末は、本人が描いたとおりになったわけで、思いどおり一生を締めくくったことになる。

残された者の悲しみを早瀬は計算には入れていなかった。周作と栗城は突き放されたように、南の楽園にぽつんととり残されてしまった。

46

ハワイ州の州法に従って、二つの選択肢が与えられた。一つは、早瀬の遺体を飛行機の荷物室に乗せて帰国するという方法。もう一つは、ハワイでの火葬という方法である。早瀬が生前望んだのは当然、後者であった。

周作に代わって、栗城が早瀬の長男に電話をかけた。彼は電話に出るなり、これからハワイに向かうつもりでした、と言い訳をした。早瀬の死を告げると、そうですか、大変ご迷惑をおかけしました、と長男は一言告げた。今後の事務的な段取りを栗城と長男は話し合った。灰を海に撒いてほしい、という遺言のことも伝えた。

「じゃあ、海に灰を撒かれるおつもりですか」

長男は言った。

「まだ何も決めてはいませんが、こちらで火葬することはできるそうです。遺体を保存し熊本まで連れ帰ることもできます。どちらにされますか」

「父の遺言どおり、そちらで火葬にして灰を海に撒いてもらえますか」

長男はすぐさま戻した。

「灰を海に撒くというのは大変なことでしょうか」

「大変といいますと?」

「その、英語を喋ることができませんので、どういうところにそれを依頼すればいいのか、とか、諸々《もろもろ》、分からなくて。どのくらい予算がかかるものなのでしょう」

「金額については分かりません。その辺のことは私たちが段取りをしておきますので、取り敢えず、こちらにいらしてください」

栗城は早瀬の長男に改めて「夏の家」の電話番号を伝えた。前に白河という者が伝えた場所と同じです、と栗城は少し厭味を込めて告げた。

栗城は周作に、長男のはっきりしない態度については説明をしなかった。忙しくて、兄弟全員がハワイに出向くことはできないと思う、と最後に付け加えられたことも内緒にした。結局誰がいつ来るのか、栗城にも分からなかった。

火葬は、死亡と判断された翌日、ホノルルの郊外にあるオアフ・セメタリーの火葬場で行われた。長男はいつ出発できるかメドが立たないので、火葬だけでも済ませておいて頂けないか、と栗城に告げた。栗城は、分かりました、と答えて電話を切った。

真っ青に広がる十二月のハワイの空の下、火葬場には白河周作、栗城尚吾、ケイト、今村佳代、庄吉、そしてリチャード夫妻が立ち会った。火葬場の担当者が、火葬をする際の細々とした注意事項をケイトに伝えた後、火葬が執り行われた。

長閑な景色を見ながら、周作らは早瀬が焼き上がるのを静かに待った。一時間ほどで、担当者が小さな箱を持って待合室にいる一同の元へとやってきた。箱の中を覗くと、ベーキングパウダーのような、妙に白い綺麗な灰が入っているだけであった。

「随分と細かな粉になっているけど、骨とかはどこにあるのかな」

周作が訊ねると、佳代が肩を竦めて告げる。

「こっちは火力が物凄く強くてね、骨まで灰になってしまうんですよ」

「あのむくつけき早瀬がこんな綺麗なパウダーになっちまうなんてね」

周作が言うと、微かに栗城が苦笑した。しかし、ずっと強張りつづけているケイトの口許が緩むことはなかった。ケイトは自分の父親を亡くしたように悲しみにくれていた。

長閑な太陽があった。周作は口を真一文字にぎゅっと結んだまま空を見上げた。温かな太陽を見つめて、なんとなく早瀬がここを最後の場所に選んだ理由が分かったような気がした。ミッドウェー海戦では大勢のベテランパイロットが死んだ。様々な試練を経て、太平洋戦争を生き抜いた勇敢な兵士が、最後は祖国ではなく、爆弾を落とした場所に楽園を求めなければならない、喧《かまびす》しい日本の現状に、周作は思わず嘆息を零した。

47

火葬に立ち会った人々を佳代が「夏の家」に招き、早瀬光男のお別れ会と称する通夜が行われた。リチャードの友人ウイリアムも仕事が終わってから駆けつけた。日本式のもの悲しいものではなく、早瀬らしい明るい通夜にしようということになり、座敷の一つを開放しての宴会となった。

上座に早瀬の灰が入った骨壺が置かれた。両側に陣取った周作と栗城だけが静かに酒を飲んでいた。他の者たちはこそこそと英語で話をしている。食事がひととおり行き渡ったところで、佳代が立ち上がり、上座に立つと、突然黒田節を歌いだした。

「さーけーはー、のーめーのーめー、のーむーなーらーばー」

佳代は早瀬と一緒に歌った時のことを思い出しながら歌っているらしく、瞑った目には涙が溜まっていた。女将の横に、おどけながら舞っている早瀬光男がいるような錯覚を周作は覚えた。佳代の甲高い声が周作の心を締めつけた。周作はお猪口を摑み、酒を一気に呷った。

存在していた者が存在しなくなるということがいつも不思議でならなかった。なぜ人が死ぬと悲しいのか分からなかった。その寂しさがどこから来るのか分からなかった。戦争で大勢の戦友が亡くなった時、まるで時代が剝がれ落とされるような、寂しさを覚えた。残されたものが死だけだとすれば、それはもうどうしようもなく侘《わび》しかった。

周作は女将の歌に合の手を入れた。栗城も手拍子を打った。日本的なリズムであったが、リチャードやウイリアムはじっと静かに耳を傾けていた。国家間では戦後処理も行われていたが、実際に戦争を戦った者同士、殺し殺され合った者同士がこうして向き合うことは稀《まれ》であった。長い年月を超えて、それぞれの中の戦争を語り合うことは珍しかった。

真珠湾を奇襲攻撃した雷撃隊の搭乗員がいた。攻撃されたアメリカ海軍の元兵士たちがいた。日本人の血を受け継ぎながら、アメリカ人として生きる道を選んだ日系人の元兵士がいた。アメリカへ渡ってアメリカ人となり生きている日本人がいた。祖国を二つ持つ日系人もいた。それぞれがそれぞれの思いで早瀬の死に立ち会っていた。周作はケイトが注いだ日本酒をぐいと空け、早瀬の骨壺を睨んだ。

「お前はなんて贅沢な男だ」

言うと、栗城が頷いた。

「これだけの人に見送られて、彼岸へ旅立つのだ。それを幸せと言わなくて何を幸せと言う」

ケイトがアメリカ人らに訳した。

「やっと戦後と和解ができたな、早瀬」

周作が微笑んだ。その目には滲むほどの涙が溢れていた。栗城は涙を袖で拭き、長かったなあ、と何度も頷きながら泣いていた。

48

通夜の後、栗城が早瀬の荷物を纏めはじめた。バンガローハウスには、二組の布団しか敷かれてはおらず、早瀬の布団は部屋の隅に、まるで早瀬がそこにうずくまっているような恰好で畳まれ置かれていた。

周作は自分の布団の上に座し、栗城の背中をぼんやりと見ていた。栗城が、ここにもあったぞ、と呟き、鞄の中から使用済みの注射器とモルヒネを取り出した。注射器は生々しく裸のまま、鞄に放り込まれていた。針には早瀬の血がわずかにこびりついている。モルヒネの小瓶は小箱に入っていたが、残りは十数本であった。早瀬が算出した自分の余命がそこにあった。残酷な数だ、と周作は思わず目を逸らした。

「ラバウル方面作戦の時に、同室の仲間が戦死して、その荷物をこうやって纏めたことがあった」

栗城は手を止めずに言った。周作は壁に掛かったままになっていた早瀬の服をそこから取り外し畳んだ。早瀬の汗の匂いが鼻孔をくすぐる。

「俺にも同じ経験がある」

周作は呟いた。一度ではなかった。一番の被害を出したミッドウェー海戦の後、周作は先輩パイロットたちの遺品を纏める仕事をした。家族に宛てて手紙を添えることもした。そして今日、また元兵士の遺品を纏めている。

「死ぬまでこの役目は終わらないんだな。次は俺か、それともお前か」

栗城の苦笑いには、諦めの淡い陰りが滲んでいる。

「できれば先に逝きたいね、早瀬のように。そうすれば、俺は悲しまなくてすむ」

ひどい奴だな、周作は無理して笑みを拵えてみたが、目元は動かず、視線は行き止まりの未来を見つめていた。長生きをしたいなんて思っているわけではない。なのに、虚《むな》しいのはなぜだろう。この歳で、人生の意味をまだ見出せていないせいだろうか。それとも本当の覚悟ができていないせいだろうか。どうしても悟りを開くことができない。人生なんてこんなもんだ、と諦めることもできない。

「一人長生きをして、最後の最後まで、俺は戦争の後片付けをしなければならないんだ」

栗城は早瀬の鞄のファスナーを閉めながら、苦笑いを口許に浮かべ、

「いずれにしてももう少しの辛抱だ」

と呟いた。周作が窓を開けると、生ぬるい空気が室内に流れ込んだ。雲にかかる月を見上げて、もう少しか、と周作も呟いてみた。

「なあ、白河よ。青春の終わりって、人それぞれ違うとは思わないか？」

ファスナーが閉まりきらず、栗城は力を込めた。力めば力むほどファスナーが引っかかり、動かなくなる。栗城は、嘆息を零して肩を竦めた。首を回し、力を抜いて、もう一度ファスナーを閉めなおした。今度は簡単にファスナーが動いた。

「ふとな、人生を諦めた時が青春の終わりじゃないかなって思ったんだ。諦めるって言葉は、よくできた言葉だと思う。人生諦めが肝心、とかって言うじゃないか。二十歳で人生を諦めた奴はそこで青春が終わり。五十歳で人生を諦めた奴がいたら、そいつの人生はそこまで。な、分かるだろ」

栗城は布団にもぐり込みながら続けた。

「俺もお前もまだ諦めきれない何かがあるだろ」

周作が振り返ると、布団の中で栗城は目を閉じていた。諦めきれない何かがある限り、青春は終わってはいないってことだ。

周作は青年のような瞳でもう一度、月を見つめた。

49

栗城が眠ってからも周作は眠れなかった。喉が渇いたので流し場まで出て、蛇口に口をつけて水を飲んだ。植物の香りが鼻孔をくすぐる。顔を上げて、鼻を突き出し、匂いを嗅いでみた。風に乗って、建物の奥の方から、どこか妙に懐かしく、記憶の片隅をくすぐるような、艶《なまめ》かしい香りが漂ってきていた。

歴史的な建物の中は、ひんやりと冷たかった。照明の灯らない廊下は暗く歩きづらかった。壁に手をつき、周作は一階の踊り場の方へと進んだ。しばらく歩いていると、植物の香りだと思っていた匂いが、線香の香りであることが分かった。それも白檀《びゃくだん》の線香。

ふと、階上から人の声が聞こえてきた。従業員たちが遅い夕食を摂っているのだろうか。それとも料理人たちが仕込み前の早い朝食を摂っているのだろうか。廊下の突き当たりの年代物の柱時計が二時を指していた。

気になった周作は階段を上ってみた。真っ暗な階段を上っていくと、突き当たりが大広間になっていた。襖戸《ふすまど》はぴたりと閉ざされており、声はその向こう側から聞こえてくる。階下にいた時は数名の囁き声にしか聞こえなかったが、襖戸の前に立ち耳を傾けると、かなりの人間がいるように聞こえた。

周作は隙間から中を覗いてみようとした。スリッパを脱ぎ、襖戸を数センチ開けてみて、目が動かなくなった。軍服を着た男たちが宴会をしている。大広間がびっしりと埋まるほどの人間、百人は下らない数の男たちがいた。電気は消えていたが、幾本もの蠟燭《ろうそく》が座卓を囲んでおり、その柔らかい灯が男たちの輪郭を仄かに浮かび上がらせていた。周作は驚き、その動揺で、足先が思わず襖戸に触れ、音をたててしまった。手前にいた兵士が襖を開けたから、周作は人々の視線を浴びる恰好となった。

「遅いじゃないか。どこをふらふらしていた。久しぶりの風呂だったので、垢がなかなか落ちなかったのか？」

一同から笑いが起きた。周作に声をかけた男は上座に座っていた。見覚えがあった。第一次雷撃隊の日比野重治少佐である。周作にとっては、鹿児島に赴任した時から、面倒を見てもらった恩人でもあった。日比野少佐は微笑んでいた。

「淵田中佐も南雲《なぐも》長官ももうじき来る。白河兵曹、早く座れ」

周作は、はい、と応えたが身体は動かなかった。これは夢だろうか。一同を見回してみて、さらに驚いた。座っている男たちはみな、共に真珠湾を奇襲攻撃した仲間たちであった。ところが、当時のままの若い姿の者もいるが、すっかりと老けてしまっている者もいる。周作は一人の男と目が合った。よく見ると、それは田部大尉であった。彼は杯を高く掲げて、さあ、飲め、明日はいよいよ奇襲だ、と声を張り上げた。懐かしい声だったが、同時に膜がかかったような遠い響きを持っていた。

「白河兵曹、何をしている。早く座らんか」

周作がおろおろしていると、田部大尉が、お前は早瀬の隣だろ、と声をあげた。田部が指さす、座卓の一番端に、青白く俯く早瀬がいた。一人年老いた早瀬は杯を握りしめたまま俯いている。

——早瀬。

周作は声にならない声を喉奥に詰まらせてしまった。早瀬は顔を上げることはなかった。よく見るとまだ身体が半分透けている。軍服の下の肉体が、半透明色をしてぼんやりと霞んでおり、呼吸をするたびにゆっくりと明滅した。

お前の席はそこだ。早瀬の隣だ、と田部大尉の声が周作の背中を急かした。見ると、一番末席に座布団が用意してある。周作は、早瀬の顔を覗き込もうと、恐る恐る襖戸伝いに、旧友の正面に移動した。早瀬の隣にいた同期のパイロットが、さあ、飲もう、と杯を周作に差し出した。早瀬の肉体は幻のように、蛍のように、その薄暗がりの中で消えたり現れたりしていた。

「早瀬！　分かるか。俺だ」

周作が中腰になり声をかけると、空気を吹き込まれた風船のように、早瀬はゆっくりと顔を上げた。だが、その顔は誰よりも不鮮明に青く、滲んで消えかかっていた。周作はさらに腰を屈《かが》め、早瀬の肩に触れようと手を伸ばした。その時、

「白河兵曹！」

と、背後から声がかかった。座卓で飲んでいた兵士たちが私語をやめ、杯を下ろすと背筋を伸ばした。男たちはどこを見るわけでもなくお互いの正面を凝視している。周作が首を引

っ込め、恐る恐る見返ると、襖戸の間から淵田中佐が顔を覗かせていた。淵田中佐は平素の温和な顔が想像もできないほどに厳しい表情をしていた。

「何をしている。お前はまだここに座ってはならん」

周作は慌てて腰を浮かすと、中佐と向かい合った。

「ここにいる者たちはもうみんな疾《と》うの昔に死んだ者たちだ。みんなお前と飲みたいんだ。けれどもお前はまだここに来てはならん」

かつての仲間たちの首が動き、まっすぐに周作を捉《とら》えた。表情は冷たく、早瀬と同様、いつのまにか青白く霞んでいる。瞳孔は消えかかった蠟燭のようにか細かった。

「戦後、一度だけ、お前と会ったな」

周作は一九六〇年代の後半、東京で、キリスト教に回心し、福音伝道師となった淵田美津雄中佐と会ったことを思い出していた。真珠湾攻撃を指揮した名将の面影はなく、穏やかな表情で人々に信仰の尊さを説いていた。

礼拝堂で行われた淵田中佐の説教を聞きたくて出掛けたわけではなかった。ただ戦後と和解できずに苦しんでいた周作にとって、淵田中佐の百八十度転換ともいえる戦後の生き方は、一つの道を示すものであった。

あの日、昔の仲間からの電話で淵田中佐の講演があることを知った周作は、何か感じることがあるかもしれないと思い、出掛けていったのだった。

説教の後、周作は出口で彼を待ち、自分の身分を告げた。淵田中佐は、周作の目を最初厳しく見つめ、その後、静かに微笑んだ。

「よく覚えているよ。君は若く勇敢なパイロットだった」

周作は淵田中佐に誘われ、駅前の名曲喫茶で小一時間話をした。淵田は自分の半生を揺るぎない言葉で静かに綴った。

――私は戦後、公職追放となり奈良県で自給自足の生活をはじめたのだ。日々畑仕事をしながら、日本はどこで間違えたのか、と考えつづけた。軍人としての責任も強かったので、なかなか戦後へと意識を切り換えることができなかった。その頃、丁度、一人の戦友と出会う。その男は長いこと、アメリカ軍の捕虜となっていたのだ。彼が捕虜となっていたキャンプ場に二十歳ほどのうら若き女性がいたのだそうだ。怪我を負った兵士たちを親身に看護していた。あまりに健気に介護をするものだから、戦友は女性に、なぜそんなに親身になるのか、と訊いた。するとその女性は、日本兵に両親を殺されたからだ、と答えた。女性の両親は宣教師だったが、日本軍に捕虜として捕まり、スパイと見なされた。両親は死ぬ前に、三十分の猶予をくれ、と頼み、神に祈りを捧げた。その後に処刑された。死を知らされた女性は、最初、日本を呪い、日本人に憎しみを持った。当然のことだな。けれども、彼女は両親が死ぬ間際に持った三十分の祈りの時間について考えはじめる。処刑される前の三十分の祈りとはなんであったのか、という疑問に思い至った時、女性の中で憎悪が人類愛に変わったのだそうだ。この話は私に一つの道を明示することとなった。偶然戦友から聞かされたものだとはどうしても思えなくなった。そして、迷いのうちに私は一冊の聖書を購入することになる。この時、私はまだキリスト教を信じてはいなかった。戦友が語った先の女性の物語は、人類愛に満ちた素晴らしい話だ、と思ったにすぎなかった。でもそのきっかけが、まもなく私の全人生を揺さぶることになる。私は購入した聖書の中に、『父よ、彼らをおゆるしください。彼らは何をしているのか、わからずにいるのです』という一節を発見する。読んだ瞬間、あの時の自分だ、と思った。戦争というどうしようもない力に取り込まれ、巻き込まれ、押さえ込まれて生きていた時代の自分たちだ、と思った。その時、私はようやく殺されたアメリカ人の宣教師とその娘さんの心境に近づくことができた。軍人としての人生は終わったかもしれないが、私の人生はまだ終わったわけではない、と気がついた。それで私は、とにかくもっと広い世界に歩み出て、人間とは何か、その真の意味を探してみようと思いたつ。敵とは何か、と考えた。敵は自分の心の中にいるものだ、と私は思い至った。爆弾の代わりに一冊の聖書を携えて渡米することにしたんだ。

周作は、まだその時、クリスチャンになった淵田中佐の言動に感銘を受けることはなかった。軍人魂を捨てきれなかった戦後間もない頃の周作にとっては、尊敬する中佐が宣教師となった事実がほんの少し寂しく思われた。淵田中佐の生き方と同じ道を歩んで、戦争がなんであったのかを理解しようとはしなかった。

けれども、淵田中佐が示した道は周作に、道は一つではなく、幾つもの可能性がある、ということを明示した。別れ際、周作は席を立った淵田に訊いた。

「隊長、隊長にとってあの戦争とはいったいなんだったのですか」

淵田は光の中に立ち、周作を振り返ると、穏やかに微笑んだ。それから小さく頷くと、光の中へと出ていった。

そして今、淵田は出ていった戸口から戻ってきて、周作と向き合っていた。

「戦争において、本当の悪を見つけ出すのは難しい。正義という言葉をもっとも警戒しなければならない。神の与えられた大きな試練だと思うのがよい。試練の先に死があるが、誰も死を敗北と思う必要はないよ。死の後、誰もが神の元へ戻る」

淵田美津雄は微笑んだ。そしてもう一度名将の顔に戻ると、陛下を顎で指し示し、呟いた。

「白河兵曹、君はここにいてはダメだ」

淵田美津雄の亡霊がそう告げ、周作を手招きした。周作は、早瀬や仲間たちの、寂しそうに訴える視線に見送られながら、淵田の脇を抜けて、襖戸の外に足を踏み出した。

「行きなさい。まだ君にはやらなければならないことがあるじゃないか」

淵田はそう言うと、静かに襖戸を閉めた。光がなくなり、周作は暗闇に立たされた。はっと我に返り、慌てて襖戸を開けたが、そこには大広間があるだけだった。その中央には、窓から降り注ぐ月光によって浮かび上がる吉川少尉の望遠鏡がぽつねんと座していた。

50

周作、と階下から声がした。月の光を頼りに階段の暗がりを振り返ると、中二階の踊り場に小枝が立っていた。淡い月光の反射が生み出した幻のように。

周作は目を凝らした。闇の中で幻は蠟燭の炎さながら、静かに揺れていた。早瀬同様、小枝は俯き加減で、じっと自分の足元を見つめている。

「小枝」

周作が声をかけた。胸の奥底から悲しみが浮き出てきた。口を開かなければ呼吸ができないほどに、苦しくなった。気がつくと涙が頬を伝い落ちている。

小枝の亡霊が踵《きびす》を返し、暗い階下へと去ろうとした。慌てて周作は、待て、と呼び止めた。

小枝の残像は立ち止まり、顎先が周作の方へ僅かに傾《かし》いだ。

「小枝、お前が、そんなに長いこと俺のせいで心を痛めていたとは知らなかった。どんなに深くお前に愛されていたのか、今頃になってやっと気がついた」

周作は、ここで後悔をしてはならない、と心の中でぐずぐずとしていた思いを吐き出した。

「お前がいない日々は何ものにも比較できないほどに辛く、寂しいものだ。お前と人生をやり直したいが、それももう今はできない。死んでも死に切れるものではない。せめてお前に今の俺の気持ちを分かってほしかった」

小枝の亡霊はじっと一点を見つめているようであった。周作は言葉を探す。躊躇っている場合ではない、と自分を鼓舞した。

「俺は堅物すぎた。頑固すぎた。意地ばかり張りすぎた。大切なお前の人生を台無しにさせてしまった。でも分かってくれ。俺はお前を愛している。ずっとずっと愛してきた。堅物でうまく言えなかったが、お前のことだけを愛していた。俺はお前を不安にさせたようだが浮気はしたことがない。心を許したのは生涯にお前ただ一人だ。どうして一言そう言えなかったのか分からない。せめてお前の亡霊にだけでも、言わせてほしい。お前が大切だった。幽霊でさえ、俺は今、嬉しくて仕方がないのだ。実体のない幻のお前でも、そこにそうやって現れてくれるだけで幸福で仕方がない」

顎の先に溜まった涙は、雨水が軒先から滴るように、落ちた。激しい後悔に周作は咽《むせ》び泣いた。

「お前ともう一度、一緒に朝御飯が食べたい。お前ともう一度、テレビで落語を見てみたい。お前ともう一度、駅前まで買い物に行ってみたい。お前と一緒にナット・キング・コールのモナ・リサを聞きたい。面白くもない、感動もない、味気ない、驚きもない、興奮もない、退屈な日々だったかもしれないが、俺はあれで十分幸せだったんだ。それを口にできなかった俺が悪かった。不器用に生きすぎた俺が悪かった。お前の誕生日を忘れてしまうどうしようもない男だった。でも、俺は幸福だった。気がつけばそこにお前がいた。戻れば、お前が流し台の前で夕御飯の準備をしていた。包丁でまな板を叩く音、味噌汁の優しい香り、周作、と呼ぶお前の声、何もかもが忘れられない。風呂で背中を流してくれたな。脱ぎ散らかした服も気がつけば綺麗に片づけられていた。いやな夢、爆弾で死んでいった大勢の人間たちの幽霊に囲まれる夢にうなされて、夜中に目を覚まし、隣にお前を発見した時の、あの安堵感が忘れられない。お前と生きて俺は誰よりも幸せだった。それをその時に伝えられなかったことを後悔して仕方がないのだ」

小枝の亡霊が周作を振り返った。階段の天窓から月光がいっそう強く降り注いだ。小枝の身体が光に包み込まれる。

「周作」

小枝の声が周作の心の中に優しく響いた。周作は動けなくなった。懐かしさで胸がいっぱいになり、呼吸をすることさえも忘れた。

「周作」

もう一度、小枝の声がした。周作はいっそう目を凝らした。

「私はいつもあなたの傍にいる。安心して。あなたが見つめる光の中に私はいる。寂しくならないでいいのよ。後悔しないでください。あなたと生きた素晴らしい思い出の中に私はずっとずっといるんだから。あなたが幸福なら、私だって幸福なのよ。あなたが生きている限り、私もあなたとともに光を纏い、生きていることができる。寂しければ太陽を見上げて目を瞑って。瞼の裏側に広がる丘の上に私は立っているから」

「小枝」

小枝の身体が月光の中に消えていく。周作はその場にしゃがみこみ手をついた。次第に薄らいでいく小枝をじっと見守った。

「あなた。待っているね。ここで待っている。それ以上後悔をしないように、残りの人生を精一杯生きて頂戴。それが私の喜びでもあるんだから」

消える間際、小枝が微かに微笑んだ。階段の踊り場が光で満たされた。世界が美しく溶けていく。周作は目を閉じた。瞼の裏側に丘が現れ、そこに愛する人が佇んでいた。丘の上で彼女は手を振っている。

51

周作は眩しい朝の光に瞼をこじ開けられるようにして目を覚ました。目を覚ました時、光の中にまだ小枝の残像があった。懐かしい優しさがそこかしこに残っているような、安堵感があった。すぐそこに小枝がいて、周作を待っているような気持ちに満たされた。周作は自分の胸に手を置いた。そして、ありがとう、と一言呟いた。

隣の布団は綺麗に畳まれており、栗城はすでにいなかった。周作は起き上がると、掌で顔を拭った。顔の表面に何かぬるぬるとした膜のようなものの感触があった。どこか暗く湿った洞窟の中を長いこと歩いてきたような、そんな湿りけが残っていた。

カタッ、と物音がしたので振り返ると、栗城が窓の外から朝の眩い光とともに顔を出し、起きたか、と告げた。

「あまりに穏やかな寝顔だったので起こさなかったんだよ」

にこりと微笑み、窓を大きく開け放った。一斉に光が舞い込む。ラジオ体操をしてきたのだろう、栗城は首にタオルを巻き、ランニングシャツ姿であった。光を受けて戦友の肉体は輪郭がぼやけている。

「食事にしよう」

心の中に留まっていたもやもやとしたものが押し流されていくのが分かった。室内の空気が入れ換わり、同時に周作の肉体を新しい血が流れていった。朝の空気を肺の奥いっぱいに吸い込み、周作は起き上がった。

昨夜、起きたことは全て夢だったのか。淵田中佐らに会ったことを話すべきか迷い、結局それは心の隅に折り畳み、押しやった。

「早起きをしたんで、みんなと運動をしてきた。身体を動かすと、いやなことも少しは忘れることができる。いつまでぐずぐずしていてもつまらん」

そうだな、と周作は呟いた後、まだどこかにいるかもしれない小枝の残像を室内に探した。光がそこかしこに満ちていた。パジャマ代わりにしているシャツを脱いだ。裸になった途端、皮膚に鳥肌が走った。生きている。俺はまだ生きている。

周作は、よし、と自分に言い聞かせ、再び顔を掌で、ぱんぱん、と叩いた。

「そうだ、さっき庄吉さんと会った。用事を済ませてから、迎えに来るそうだ」

「迎えに？」

「油圧シリンダーを見つけたと言っていた。ちょっと大きめだが、でも使えそうだ」

油圧シリンダーを見つけた？　寝起き直後のぼんやりとした意識の中で、なぜか栗城の声が淵田の最後の言葉と重なっていく錯覚を覚えた。

——まだ君にはやらなければならないことがあるじゃないか。

小枝も同じようなことを言っていた。この期に及んで、まだやらなければならないこととは、いったいなんだろう、と周作は自問した。

「油圧シリンダーさえあれば、なんとか九七式艦攻を蘇らせることができる」

栗城が周作を見下ろし微笑む。周作は頭の中に薄い膜がかかっているような気分のまま、栗城の背後に輝く池を見つめた。光が生き生きと照り返している。あまりに強く反射するものだから、周作はその眩しさに思わず目をすぼめなければならなかった。

朝食を終え、お茶を飲んでいると、玄関の方から揉めているような男女の声が聞こえてきた。佳代が南国の果物を持ってやってきて、二人の前に置いた。意識が玄関の方へと向かっているのは明らかで、仕種が落ちつかなかった。ケイトが恋人と話し合いをしているのだということが、周作にも栗城にも分かった。

「朝早くからあの青年、熱心じゃないですか」

栗城が女将に告げた。佳代は首を振り、別れ話をしたみたいでね、と告げた。

「ケイトさんから？」

「ええ、そしたら朝からやってきて、あのとおり。出勤する前に話を片づけたいんですって。片づけるって、ゴミじゃないんだから」

佳代は声がする方を睨んで嘆息を零した。穏やかな朝の雰囲気を壊すほどの、我《わ》が儘《まま》で独りよがりな男の声であった。気持ちを抑え込もうとしているのに、声音はちっとも小さくならず、時折、ヒステリックに感情を爆発させていた。

「もう二時間も話し合っている。そろそろ出社時間が迫ってきたものだから、彼はちょっと焦ってるんですよ。一生の問題を出社前に片づけるっていう発想がだいたい理解できない」

困ったものだ、と唇を真一文字に結んだ。

「会社なんか休めばいいじゃないか」

栗城が言うと、ねえ、と女将が諾った。廊下に面した壁全体が、ドン、と鈍く鳴った。男が壁を蹴飛ばしたに違いなかった。ケイトが、英語で、ジョンを叱るよりもきつく忠告をした。周作が立ち上がろうとすると、栗城が腕を摑んで止めた。

「これは二人の問題だろ。お前が出ていくと、纏まる話も纏まらない」

周作は苦虫を嚙み潰したような顔をして、座りなおした。佳代が立ち上がり、玄関へと出ていった。ばしん、という音がもう一度した。さすがに栗城も心配そうな顔をした。奥にあるもう一方の戸から、男がケイトの腕を摑んで入ってきて、一番端の椅子に座らせた。男は周作らを見つけ、顔を曇らせた。

「ちぇっ、ここは説教老人の巣窟《そうくつ》だな」

栗城が周作の腕をいっそう強く摑んだ。周作は視線を逸らし、我慢した。男は周作たちを牽制《けんせい》しながら、ケイトの前に腰を下ろした。

「ジョンを日本に連れていきたいけど、彼は絶対に俺を好きにはならない。それにあの子は日本に来たらいじめられる」

ケイトは、それが理解できません、なんでいじめられるの、と訊き返した。じゃあ、はっきり言おう、あの子の肌の色が違うからさ、褐色の肌を持っているから、と男は言った。数秒の間、視線の真空が二人の間にできた。ケイトは不意に立ち上がって、河野の頰を力強く叩いた。乾いた音が室内に響きわたった時、周作は思わず微笑んでしまった。栗城が小声で、いいぞ、その調子、と言った。

「何をする」

「私は悪い夢を見ていたみたい。あなたとは絶対に一緒になれないのが今やっと分かったわ。それだけははっきりしました」

おい、と言うなり河野も立ち上がり、ケイトの肩を摑んだ。ケイトは男の腕を払うと、玄関を指さした。風が吹いて、窓のボレーが大きな音をたてて、壁にぶつかった。ケイトの髪の毛が風で煽られ、乱れた。向かい合う男女の視線が熱を持って弾けた。

「出ていってください」

なんで、と男が、怒りを噛みしめるような強い声で吐き捨てるように告げた。

「あなたを愛せないことがはっきりと分かったからです。肌の色で人間の価値を決めるような人と結婚する気にはなれません。人間はみんな一緒でしょ。差別する人は嫌い」

「ちょっと待ってよ。俺が何を差別したって？　君の息子を差別するのは、俺じゃなくて、日本の社会なんだよ。日本ってそういうところなんだ。君は何も知らなさすぎる。そこにいるくそジジイたちに訊いてみたらどうだ。あんないじめ社会でジョンが幸せになれるはずがない。これは分かりきったことだよ。差別されちゃ可哀相だとは思わないのかい」

「違う。差別をしているのはあなたよ。あなたが私を本当に愛していれば、ジョンも愛せるはずでしょ。差別されるなんて決めつけるのは、あなたが最初からジョンを受け入れるつもりがないからよ。肌の色でジョンをみんなと区別しているのは、あなただわ。日本の社会ではないわ」

ケイトは河野に背を向けた。

「私は自分の幸せばかりを考えていました。でも、ジョンは私の一部。わけて考えることは絶対にできないの」

男はじっとケイトの背中を見つめていたが、突然、テーブルを引っ繰り返した。驚いたケイトが、英語で、やめて、出ていって、と叫んだ。河野の感情は収まるどころか、周囲の机や椅子を次々になぎ倒していった。周作は、栗城の腕を払い、立ち上がった。若い従業員たちが飛び込んできたが、周作は、これは日本人の恥だから俺がやる、と英語で制した。そして、暴れている河野の首根っこを摑んで外に連れ出した。河野は落ちていた棒切れを摑んで周作に襲いかかる。周作はうまく避けきれず、腕を殴られた。同時に、足で河野の股間を蹴りあげ倒した。動転した河野が全力で突進してきたので、周作は合気道の技でそれを返し、河野を地面に叩きつけた。周作も息があがり、足元が若干ふらついてはいたが、怒りの方が勝って、全身に力が漲った。

「お前には我慢というものがないのか。思いどおりにならないと暴れるのか。気に入らないと人を殺すのか」

倒れた河野は顔を真っ赤にさせて、くそジジイ、と叫びながら周作に飛びかかってきた。周作は素早くかわし、再び河野の足を引っかけた。男は花壇の花々をなぎ倒し、高木の根元に倒れ込んだ。倒れた河野の前にケイトが立ちふさがった。

「待って。もう十分です。この人はきっと反省してくれている」

ケイトは河野を庇《かば》った。周作は肩で大きく呼吸をしながらじっとケイトを見つめた。

「私も悪いんです。もっと早くにこの人と別れていれば、この人をこんなに傷つけることはなかった。だって、一時期でも愛し合ったんだから、それを大切に持っていたいんです。どっちが悪いということはないの。どっちが正しいだなんて決められないから」

淵田中佐の言葉が再び周作の脳裏を過った。

——戦争において、本当の悪を見つけ出すのは難しい。正義という言葉をもっとも警戒しなければならない。

周作は男に殴られた腕を揉んだ。痛みが心のもやもやをほんの僅かに緩和させた。

「ああ、そのとおりだ」

周作は河野に向かって小さく頭を下げると、そこを離れた。

52

庄吉が戻ってきたのは正午のこと。駐車場には、庄吉のトラックの他にもう一台見覚えのあるワゴンが停まっていた。旧式のダッヂから降りてきたのはリチャードとウイリアムで、三人の年寄りたちはそれぞれの年輪を抱えた歩き方で——リチャードは足を引きずりながら、庄吉は背筋を伸ばして、ウイリアムはノソノソと、周作と栗城に近づいてきた。

「油圧シリンダーはウイリアムが探してくれた。ミスター・クリキ、これでいいかね」

庄吉が差し出した油圧シリンダーを栗城が受け取った。鈍色をした円筒形の、重たそうな物体であった。栗城はそれを、釣り上げたシーバスのように両腕で大事に抱きかかえた。

「ああ、多分。大きめだが、なんとかなるな」

庄吉がウイリアムに通訳した。ウイリアムは人懐っこい笑みを浮かべて、グッド、と言った。相変わらず大きな声——ビールで育てた大きな腹の底から、ぐいと絞り出したような声だった。

「リチャードとウイリアムにも成り行き上、トーピドーボンバーのことを話さないわけにはいかなかった」

庄吉が肩を竦めてみせた。周作は頷いた。

「二人も見てみたいと言ってる。構わないだろ」

周作は、もちろんだ、とリチャードに英語で伝えた。リチャードが、信じられない話だ、と肩を竦めてみせた。信じることになる、と周作は相手の目を覗き込んで静かに言った。

「手伝えることがあれば手伝いたいんだが」

リチャードが紳士的な口調で申し出ると、それを受けて庄吉が、やや興奮気味に口を挟んだ。

「これも何かの縁だと思う。元日本兵と元アメリカ兵が力を合わせて九七式艦攻を蘇らせるというのは、素晴らしいアイデアじゃないかな」

周作はリチャード、庄吉、ウイリアムの目をじっと見つめた。その瞳の向こうに、昨夜、幻の中で出会ったかつての仲間たちの顔がちらついた。みんなも応援してくれるだろうか。

周作は奥歯を嚙みしめた。リチャードが周作に向かって、パールハーバーは一つのイメージが出来上がってしまった、と告げた。

「本当に忘れてはならないのは、決して戦争をしてはならない、ということだ。大切なのは、リメンバー・パールハーバーという言葉ではない」

周作はじっとリチャードの目を見つめた。

まだ、九七式艦攻を実際にこの目で見るまでは全てを信じることができないのだけれど、と前置きをした後、続けた。

「あんたたちだけで直すより、私たちが手を貸した方が意味が深い。お互い抱えてきた戦後をここで綺麗にするいい機会だと思うよ。蘇ったトーピドーボンバーは敵とか味方とかじゃなく、きっとそれぞれの過去と現在とを繫ぐ。死んでいった仲間たちと生き残った俺たちとを……」

周作は、小さく頷いた。

「それにミスター・ハヤセの灰を海に撒く約束をしたんだろ。男の約束は守らないとね、これは日本もアメリカも一緒だ」

リチャードは周作にウインクをした。周作の口許が僅かに緩んだ。周作が手を差し出した。リチャードがその手を握った。庄吉の表情がパッと明るくなり、握り合った周作とリチャードの手を、上から両手で包み込んだ。さらにその手をウイリアムと栗城ががっちりと摑んだ。五人の老人たちは、まるで青年のように強く手を取り合った。

奇妙な出会い。不思議な縁だった。ここに早瀬光男はいないのに、周作にはその手の真ん中に早瀬の手がしっかりと握りしめられているように感じられてならなかった。

53

庄吉のトラック、リチャードのダッヂ、ケイトが運転するワゴン車の三台が、H2フリーウェイを一列に並んで、九七式艦攻が待つ庄吉の牧場へ向かった。周作は早瀬光男の遺灰が入った骨壺を抱きかかえて、ケイトの横に座った。後部シートにはジョンを膝の上に乗せた佳代と、千羽鶴を握りしめた栗城がいた。

「栗城さん、私は信じられないわ。この時代にゼロ戦がひょっこりと出てくるだなんて」

「ゼロ戦じゃありませんよ。九七式三号艦上攻撃機というんです。爆撃機ですな。ぼくらが乗っていたのは雷撃機、魚雷を落とすやつです。当時は日本海軍最新鋭の爆撃機でした」

ゼロじゃなくて、きゅうなな、なのね、と佳代は口腔で反芻《はんすう》してから、それでも、同じよ、信じられないわ、と繰り返した。

「なんで庄吉さんは今まで黙っていたのかしら。だって、戦後半世紀近く経っているじゃない。なんで今なの?」

栗城は、さあね、と肩を竦めた。ケイトが一瞬後部シートを振り返ってから、痺れを切らし喋りはじめる。

「ママ、それは白河さんたちが現れたからね。ずっと庄吉小父さんはタイミングを待っていたんだと思う。そして今、やっとそれを引き渡せる人たちが現れた、と思ったのよ。爆撃機を隠した庄吉さんのお父さんの思いを、彼は彼なりに大切にしまって生きてきたのよ。庄吉さんは変わり者。パパとは仲が良かったけど、あのとおりストレンジピープルだから。牧場は田舎だし、だからこそ、奇跡的に、ずっと一人で抱え持って生きることができたのよ。あの人だからこそ、その爆撃機は今日まで静かに眠ることができたんだと思う。これも縁ね」

周作は唇をぐいと結んだ。今、九七式艦攻は五十年の眠りから目覚め蘇ろうとしている。九七式が蘇ることの意味するものが何か、周作には想像もつかなかった。早瀬の灰を空から海に撒くという一つの約束ごとはあったが、それだけに終わらせられない。九七式が世の中に姿を現せば、世界中のメディアがこの奇跡を全世界に伝えることになるだろう。淵田中佐が周作の夢の中で語った言葉が再び、周作の心裡に蘇った。

——まだ君にはやらなければならないことがあるじゃないか。

戦争で犠牲になった大勢の戦友たちの視線を思い出した。死ななくてよかった仲間たちの無念を思った。今日、世界では至る所でいまだに戦争が繰り返し行われている。戦争という大義のもとに死んでいかなければならない若い人々のことを、周作は思った。青春が失われるのは自分たちだけで十分だ。淵田中佐が戦後、信仰に目覚めた理由を、おぼろげにだが理解することができた気がした。自分には戦後、信仰さえもなくなった。信じるということがずっと怖かった。自分に今できることは、自分自身の信念によって、九七式艦攻に命を吹き込むことである。周作は、そう心の中で自分を説得するように呟いた。

左手に聳えるワイアナエ山地の神々しい頂を見ながら、H2フリーウェイをほぼまっすぐに北に進んだ。やがて出た変化のない海岸沿いの景色の中で、周作は荒野の向こう側に広がる太平洋の金波銀波を眺めていた。ラジオから突然、ナット・キング・コールのモナ・リサが流れだして、周作の耳が柔らかい男性ボーカルの声音に浸った。周作は手を伸ばし、ボリュームを上げ、口ずさんだ。

「優しい声ね、誰の歌？」

「ナット・キング・コールだよ」

「詳しいね」

「死んだうちのが好きでね。朝から晩までずっと、こればっかり聞いていた。だからいつのまにか、メロディくらいなら口ずさめるようになっちまった」

「素敵」

そう言うと、ケイトは耳を澄ました。

周作はラジオに合わせて、歌いながら、運転するケイトの横顔を一瞥した。ケイトは周作の歌声に相好を崩した。微笑むケイトの輪郭が光で包み込まれていく。小枝がそこにいる、と思った。周作はふと思い出し、ズボンのポケットから小枝の写真を取り出して覗き込んだ。ケイトが気がつき、なんですか、と横目で写真を覗き込んだ。周作は、照れながらも、それをケイトに手渡した。

「誰？」

「妻だよ。三年前に死んじゃったけど。大切な人だった」

「笑っている。すごく幸せそう」

そうかな、と言いかけて周作は口ごもった。

「白河さんにとても愛されていたんですね。こんな幸せそうな顔は愛されている人にしかできません。白河さん、写真撮るの上手ですね」

誰が撮ったものか、分からない、とは言えなくなった。ああ、まあな、と誤魔化した。ケイトの笑顔は写真の中の小枝の顔と似ていた。

「君に少し似ているんだ」

いいえ、奥さんは美人です、ケイトが謙遜し否定した。

「奥さんを愛していた？」

笑顔でケイトは訊いてきた。周作は小声で、もちろんだ、と答えた。

「沢山、思い出あるのね。いいわね。白河さん、幸せね」

ワイアナエ山地の向こう側に太陽があった。周作はフロントガラスに顔を押しつけ、眩い光を睨み付けた。目を閉じると、そこに丘が現れた。小枝が丘の上で手を振っていた。周作の顔が自然に笑みに変化した。幸せだったさ、と周作は独りごちた。

「私も頑張る。私も幸せになってみせる」

ケイトが自分に言い聞かせるように強くそう告げた。周作はケイトを見つめ、その決意に満ちた横顔に向かって、よかったのかい、あれで、と囁いた。

「何が？」

「あの青年とのことだよ」

瞬間、ケイトの眉根が中央に向けてきゅっと引きつった。すぐに微笑みによってかき消されたが、彼女の心の中の縦皺はそう簡単に消えるものではないだろう、と周作は感じた。

「イエス、平気。すっきりしました。白河さんにはとっても迷惑をかけてしまいました」

周作は、首を力なく左右に振りながら、海に視線を向けた。水平線で光が躍っている。小枝がもう一度、あなたが生きている限り、私はあなたとともにいる、と耳元で囁いた気がした。

「我慢をするのはもうやめることにします」

「それがいい」

「後悔をしたくないから」

周作は奥歯を噛みしめた。

「自分の一生をもっと大事にします。いつかきっと私のことを大切にしてくれる人と出会うと思う。ジョンのことも、自分の子供のように可愛がってくれる人が現れるような気がするんです」

周作は頷いた。

「生きるって大変ですね。でもこれからも私は生きていくんだわ。ジョンを育てながら、誰かが私の前に現れるのを待ちつづける。まるでバスがやってくるのをずっとバス停で待ちつづけるように」

周作は、道端のバス停でジョンの手を引き、バスが来るのを待ちつづけているタフなケイトの姿を、心に思い描いてみた。その顔は微笑んでいた。モナ・リサが微笑むように、豊かに清楚《せいそ》に静かに。

「でも、必ずバスは来る。生きていれば、必ずバスは来るわ」

周作は、ああ、そうだな、と微笑んだ。質問があります、とケイト。

「人生は素晴らしいものですか？」

周作の顔が瞬時に強張った。後悔だらけだった、とはとても言えなかった。まだ、と周作は言葉を紡ぎ、再び微笑んだ。

「まだ、俺の人生は終わってないから、素晴らしかった、とは言えないんだ」

ケイトが、あ、そうですね、と笑った。死ぬまで人生を諦めたりしないから、きっとこれからもっと楽しいことや素晴らしいことが待っているんだと思う、と周作は自分に言い聞かせるように言った。

「だって俺はまだ七十五だから」

ケイトが、本当だ、まだぜんぜん若いね、と周作を一瞥して言った。

「最後まで分からないからこそ、人生は面白いんですね」

ケイトがそう呟く。周作は眉間を手で擦《こす》った。刻まれた傷のような縦皺を、指の腹で伸ばした。心が伸ばされていくような穏やかな気持ちになっていった。小枝の写真をポケットの中にそっと戻した。

54

周作は珍しく機嫌がいい。周作が機嫌のいい日は私を幸せにさせる。夕方、中央線に乗って、井の頭公園まで周作と散歩に出た。公園の池の畔を歩いていたら、あの人ったら突然、わたしの大好きなモナ・リサを鼻唄で唄いはじめた。音痴だから、何を唄っているのか最初は分からなかった。でも、モーナーリッサ、モナリッサー、と冒頭に戻ってきたら、あれ、納豆王だって、やっと分かった。納豆王というのは、ナット・キング・コールの名前をいつまでも周作が覚えられなかったから、私が勝手につけたコール氏の別名。いつも私が聞いているから自然に覚えてしまったのね。やったあ。周作と、ナット・キング・コールを共有することができた。嬉しいわ。

公園を突き抜けた住宅街の団子屋さんに行く。私たちと同じ世代の夫婦がやっている、可愛らしいお店。年に一度は行く。窓際の奥の席に陣取って、団子を食べたり、子供たちの話をしたり、黙ったり、でも大抵は黙っているわね。退屈の手前まで、日溜まりで美味しいコーヒーを飲むの。私は退屈じゃないんだけど、周作は飽き性だから、三十分が限界という感じ。でも今日は珍しく、団子をお代わりして、コーヒーもお代わりした。小一時間はいたかしら。機嫌がいいのが分かったから、ちょっと試してみたくなった。もちろん、怒鳴られるのを覚悟で。

——ねえ、周作、私と結婚して幸せだった？

そう訊いてみた。そしたら、ああ、だって。つまらなそうに、窓の外を見ながら、ああ、だって。やだ、嬉しい。幸せなのって訊き返したら、また、ああ、だって。それで十分ほどしてからもう一回訊いた。幸せ？

案の定、なんだよ、何回も訊くなって、怒られた。はは、でも嬉しい。帰りに茂久の家で夕飯を食べて帰ることになった。周作がその道すがら、

——小枝、お前はどうしていつも俺のことを、周作って、まるで友達みたいに呼ぶのかな。

と訊いてきた。何？　なんで今頃、そんなこと訊くのかな。もう何十年って一緒にいるのに。可笑しい。

——だって、周作って呼んだ方が近い感じがするでしょ。あなた、なんて柄じゃないでし

ょ、周作は。

そう答えておいた。不思議そうな顔で、確かに、と納得していた。それからまたモナ・リサを口ずさみはじめた。こっそりとバッグに忍ばせていたカメラを取り出した。周作にカメラを向けたら、何をするって、また怒られた。だって散歩なんて珍しいでしょ。こんなチャンスは滅多にない、と思ったから、持ってきたの。あなたが鼻唄を唄って機嫌がいいなんて、それこそ百年に一度じゃない。

そしたら周作にカメラをむしり取られて、逆に、シャッターを押されてしまった。

「お前が笑っている方が珍しい」

周作はそう言ったわ。もっと笑いたい。毎日が今日のようであればいいなって思う。心の底からもっと笑えるようになるのかしら。子供たちも成長してみんな独立した。やれやれって感じの今だけど、これからまた、新婚時代が戻ってくる。周作はずっと死ぬまで私を見ていてくれるかしら。私はずっと笑っていられるのかしら。

写真の出来上がりが待ち遠しい。きっとこの何十年かでただ一枚の私の笑顔。それも周作が撮った記念すべき一枚になるのね。大事に大事に隠して、いいえ、しまっておこう。周作に破り捨てられないように。

こんな日もあるんだ。生きていてよかった。

55

一行は、牧場を素通りして、道の突き当たりで車を降り、そこから徒歩でバニヤンツリーが群生する森まで歩いた。穏やかな海縁《うみべり》の、人のいない浜辺を通り抜け、かもめの鳴き声を聞き、潮の香りを嗅ぎ、飛沫《しぶき》を上げるような光の舞の中を、十五分ほど歩いた。牧草地を切り開いて作られた三百メートルほどの道の先に、庄吉の父が拵えた格納庫が威風堂々と出現した。

「あの中にあるんだ」

庄吉は声を弾ませて、一同に告げた。リチャードもウイリアムも佳代もまだ半信半疑の表情のまま、格納庫を見上げていた。小走りで庄吉が格納庫まで走り、板戸を開けると、中から鈍色に輝く九七式三号艦上攻撃機が姿を現した。ほんとだ、と佳代が声を張り上げた。リチャードは数歩歩き、なんてことだ、と驚きを隠せず、打ち震える声で呟いた。ウイリアムは顎が落ちるほど口を開いたまま栗城を見返り、すごい、奇跡だ、とほとんど叫びのような大声で告げた。

「さあ、もっと近づいて見てくれ」

庄吉が手招きをした。リチャードが機首の真下に立ち、プロペラを見上げた。ウイリアムはコックピットの中を覗き込んでは、何かブツブツと独り言を繰り返していた。佳代は離れた場所から動くことも、瞬きもできずに、じっと五十年の眠りから目覚めた爆撃機を見ていた。

バニヤンツリーの枝葉を抜けて降り注いだ陽光が九七式艦攻の胴体を鈍く輝かせた。

「圧倒されたよ」

冷静さを取り戻した頃、やっとリチャードが周作に告げた。

「ああ、俺もはじめて見た時は言葉も出なかった」

「確かにこれには意味があるな」

リチャードは、思い出したように、信じられない、と繰り返し言葉にしては、普段の沈着な雰囲気を失い、何度も何度も神経質に目を擦っていた。目の前にしながらもうひとつ実感を得られないことに苛立ちを隠さなかった。

「でも、これをどうやって滑走路まで運ぶかだな」

修復のことばかり考えていた周作と栗城には大きな落とし穴だった。慌てて、栗城と周作はお互いの顔を窺った。

「一番近い滑走路はどこにある？」

周作が言うと、リチャードは、ディリンガムかな、と苦笑いを浮かべた。ディリンガムまでこれをどうやって運ぶつもりかな。仮にクレーンでこれを吊り上げたとしても、あの海岸を移動させるのは難しいな。それから移動させるとなると、ばかでかいトラックが必要になる。

笑いが一同に感染して、この馬鹿げた計画そのものが茶番に終わりかけたその時、庄吉が、滑走路はあんたらの目の前にある、と真剣な顔で訴えた。庄吉が見ていたのは、格納庫から浜辺まで下る三百メートルの道であった。

「いいかい。この九七式艦攻は海の方からやってきて、この牧草地へ着陸し、ここまで来て止まった。ならばここから飛び立てないわけがない、というのが俺と俺の親父の考えだ。だから俺たちはこの陸の孤島である牧草地に意味のない道を拵えたんだ」

「まさか、ここから、この道から離陸させるつもりか？」

栗城が目の前の道を指さして言うと、庄吉は微笑んだ。ケイトがリチャードたちに通訳をした。リチャードの眉間に皺が寄る。無茶だ、と言いかけて周作は言葉を呑み込んだ。確かに道は整備されている。舗装はされてないが、ローラーのようなもので道は平らにされている。太平洋戦争の頃はここよりもっと劣悪な条件の仮設飛行場から離陸したこともあった。確かに飛べないことはない。

「しかし、海からの風も強いし、距離が若干短い気がする」

言うと、庄吉は片頬を吊り上げて微笑んだ。

「この季節、午前中には、後ろの山から吹き下ろす風が海に向かうんだ。風を選んで、朝飛べば飛べないことはない。距離に関しては確かに短いが、あんたはベテランじゃないか。俺は安心している。それに、仮に突っ込んでも、正面は凪《なぎ》の海だから、死ぬことはないだろう」

リチャードが周作の肩をぽんと叩き、親指を立てた。周作はため息を零し、苦笑いを浮かべ、やれやれ、という顔をしてみせた。

一同は格納庫の隣に眠る田部大尉らの墓に参った。周作が早瀬の骨壺を田部大尉の墓の脇に置いた。目を瞑り、静かに祈りを捧げた。合わせた手の間からも光が滲んで見えた。周作は夥《おびただ》しいほどの霊が自分たちの行動を静かに見守っていることを悟った。

祈りが終わると、周作はリチャードを振り返った。元アメリカ兵は最後まで手を合わせて、祈りつづけていた。

墓に参った後、一同はさっそく行動を開始した。リチャードは家庭用ビデオカメラを、九七式艦攻が鎮座する格納庫の前に設置した。趣味で長年、野鳥の撮影をやっているのだ、とみんなに説明をした。こいつは随分とでかい野鳥だな、と庄吉が笑った。

栗城とウイリアムはメカニック同士、専門的な意見を交換しながら、中心的な作業に従事した。佳代とケイトは牧場まで戻り、食事の準備をはじめた。

一同は長年の経験に従って、それぞれの仕事を機敏にこなしていった。周作は最後の大仕事に向かって誰よりも汗を流した。庄吉と二人で滑走路となる道の石や障害物を退けた後、ローラーを使って整地しなおした。また、九七式艦攻の剝げ落ちた塗装などを、当時の記憶をもとに塗りなおした。択捉島《えとろふ》の単冠湾《ひとかっぷ》に全空母が集結した時に、九七式艦攻は応急的に迷彩を施された。そのために塗装もマーキングもかなり雑な仕上がりになっていた。さらに五十年という年月が経過し、高射砲の砲撃でできた傷など、状態は劣悪なものとなっていた。

蘇らせるなら上着くらいは新しいものに替えてやりたい、と周作は考えた。

周作は刷毛《はけ》を握りしめながら、遠い昔の記憶を手繰った。瞼を閉じると単冠湾の冷たい海の色が浮かび上がった。自分たちが乗った機には、早瀬、栗城とともに三人で相談し合いながら塗装を施した。暗緑色と茶褐色の斑迷彩を主翼の上部に塗った。絵心のある早瀬のアイデアで、迷彩は無数の竜が絡み舞うように天を目指す、珍しい模様となった。エンジン部分は黒、尾翼は真紅であった。主翼には大きな赤い日の丸が描かれていた。

その時の気持ちを思い出しながら、周作は田部大尉の機に新たな色彩を施していった。

56

二昼夜、睡眠もあまりとらずに男たちは黙々と作業を続けた。仕事で戻らなければならない佳代に代わって、リチャードの妻浩子が加わり、炊事などを手伝った。二日目の午後、スコールとなり、視界が見えないほどの激しい雨が格納庫一帯を包み込んだ。リチャードが撮影機材を纏めて、格納庫の中へ飛び込んだ。叩きつける雨の中、男たちは誰もが無言であった。ケイトと浩子が傘をさして、にぎり飯と味噌汁を持ってやってきた。ドラム缶に火を熾《おこ》し、にぎり飯を頬張りながら、暗い格納庫の中で一同は静かに暖をとった。

雨音を聞きながら、周作は端で濡れた衣服を乾かしているケイトを盗み見た。黒髪が濡れて美しく光っている。まだ心の中は晴れなかった。周作は、小枝こそ戦争の犠牲者だ、と思った。彼女には目に見える戦場はなかったが、我慢という戦いを戦中戦後とつねに強いられてきた。その命令を下してきたのはこの俺なのだ。

リチャードと浩子がにぎり飯を持って、周作の元へやってきた。もう一ついかがですか、と差し出されたにぎり飯よりも、つねに二人仲良く生きている彼らの姿に心が留まった。食べないと精が出ませんよ、と浩子が言った。周作の目が赤いことにリチャードが気づき、浩子の腕を引っ張った。周作は慌てて視線を逸らしたが、どこから湧いてくるのか、後悔の二文字が魂を揺さぶった。涙を見られたくなかった。激しく降りはじめた雨が簡易格納庫のトタンをいっそう強く叩いた。周作はたまらず雨の中へと飛び出した。

「白河さん!」

浩子が呼び止めた。滝を潜るように雨の中を周作は二十メートルほど走り、そこで立ち止まった。呼吸が落ちつくのを待ってから、頭上を見上げると、天から降り注ぐ雨粒の軌跡が見えた。目を細めながらも、両手を伸ばした。全身をバネにし、残っている力を全て絞り出して手を広げてみた。七十五歳の周作は全肉体を天に捧げた。スコールの雨粒を全身で浴びたかった。地球の涙で、汚れた、病んだ、痛んだ、悲しみの心を洗い流したかった。口を開け、体内に天が零した涙を取り込みたかった。泣きなさい、と天から声が聞こえたような気がして、いっそう涙腺が緩んだ。

嗚咽《おえつ》のような胴間声を張り上げた。どこからそんな声が出ているのか分からなかった。背後に広がるバニヤンツリーの森がまるで周作の声に呼応するかのように大きく揺れた。激しい風が森を揺らした。周作は二度、三度と大声を張り上げた。最後の方は咽喉の皮膚が破れてしまったかのように声が割れ、痛々しいほどに掠れた。

周作は降り注ぐ雨の中心で両手を精一杯広げ、世界中を抱きしめるようにして叫びつづけた。悲しみが洗い流されていく。心の泥が洗い落とされていく。身体中から後悔の染みが洗い落とされていく。

周作は頭を抱え、その場にうずくまった。咽び泣きながら、笑った。歯を食いしばって、目を見開き、天空を見上げた。自分の身体を両手で抱きしめた。生きているのが分かった。俺はまだ生きている。俺はまだこの世界に存在している。俺にはまだやらなければならないことがある。周作はいっそう強く自分を抱きしめた。涙は尽きることなく溢れ出てきた。涙と雨が混じり合う。俺は生きているんだ、と周作は思った。

57

周作は今頃どうしている？　これを読んでいる？　だとしたら、私はあなたの傍にはもういないんじゃないかな。きっと私の方が先に逝ってしまったのね。そうなると思ってた。先月くらいから、この日記を読み返してる。ここのところの文章はちょっとおかしいね。壊れてきているのが分かる。これもういつまで書きつづけられるか分からない。

でね、読み返していてふと気がついたことがあるの。これ、誰に向けて書かれた日記だと思う？　あなたに、周作に向けて、書いている日記なんじゃないかなって気がついた。だって、どう読んでも、そうとしか思えないんだもの。そうよ、だから、今あなたはこれを読んでいるんでしょ。いくらおかしくなってもそれくらいは分かる。だって、これを書いているのは私なんだから。

私ったら、十五年も前から、無意識のうちに、いつかあなたに読んでほしい、と思って書いていたのね。

で、ぶこつなあなたがこれを読むのは、当然私がいなくなったあと、よね。どこからかこれが発見されないかぎり、周作は私が日記をつけていたことさえも知らずに終わるでしょ。きっとこれを発見するのは、茂久か知久か、邦久は自分のことでいつもいそがしい子だから、周作と同様、むりね。あ、あと悦子かもしれない。何もできずにとほうにくれている周作を支えて、これを私の個人的な荷物の中から見つけ出して周作の前に差し出すのは、きっと悦子に決まっている。でも誰が発見しても、その時、そこには私はいない。もう死んじゃってるから。

ここのところ、もう日記をつける気力もないし、精神も集中できない。ここまで書きながら、ちょっと前まではこんなの一気に書けてたのに、今は、何日かに分けて書かないと最後まで辿り着けないの。ボケが進行している。このままでは周作に迷惑をかけてしまう。いやだな。周作におむつを替えてもらうことはできない。それにあなたはそんなことできないものね。だって、自分のことだってできないんだもの。私がいなくなったら、どうするの？　誰か別の人を見つける？　そうね、荻窪駅まえのS・Dさん、それともT・H、或いはC・A。いいえ、もっといるでしょ。あなたに優しくしてくれる人はそこら中にいる。だから私は心おきなく死ねるわね。悦子だって、私の味方のようだけど、本当は周作、あなたのことがきっと好きなはずよ。でも悦子だったら私もガマンできる。だって、私は悦子のことは本当に大好きなんだもの。あの人となら周作はケンジツな老後を歩いていける。ごめんね、ずっと一緒にいられなくて。

悦子、悦子、周作をよろしくね。あの人はとてもさびしがり屋さんだから、私の代わりにそばにいてあげてね。ガンコでカタブツでワガママだけど、心は優しい人だから。私の分まであの人を幸せにしてあげてね。悦子だったら、私も許せるわ。イヤ。嫌よ！

最近は身体中にシミが出て困るの。手とか足とかだけじゃなくて、全身にシミができて、まるで地図のよう。頭の中にもどんどん穴が開いてきて風がすうすうして困るの。周作には言えないから、耳に綿を詰めて寝ているの。風の音が煩《うるさ》いんだもの。スキマ風はサビシイわ。部屋の四隅とかにあるワタボコリもサビシイ。周作の耳の掃除は私の大切な日課だったのに、もうできなくなるわね。七十年も生きてしまったのに、もっとあなたといたい。周作と一緒にもっと新しい日を迎えたかった。くやしい。くやしいよ。このまま、死んじゃうの、くやしいもん。周作。あなたと離れて暗い世界に行くの寂しいよ。

周作、あなたは今、これを読んでいるわね。この私の心の中を覗いているのね。でもね、周作、絶対に約束して、私はあなたを責めているのじゃないの。あなたと会えて、夫婦になれて、イッショに生きることができて、本当にうれしかった。しあわせだった。シアワセって人それぞれでしょ。みんな大きさがちがうし、重さもちがうし、深さもちがう。何が一番かは自分にしか分からない。だから、私は言える。あなたが一番だって。死んでも、あなたのそばにいていい？　ユウレイになってもあなたのそばにいていい？　ずっとずっとあなたのことを天国で待っていてもいい？　私ね、あなたのメンドウをみることができない自分にガマンができないの。こわれていく自分をあなたに見せる自分が許せないの。でも完全にこわれちゃったら、もうどうしようもないじゃない。きっとシュウチシンもなくなって、周作の前でヒドい姿を見せるんだわ。でも夫婦だから当たり前だろってあなたは言うのね。でもダメよ。そんな姿をあなたに見せたくないわ。見せるくらいなら自殺する。

きっと本当の意味で心を開かなかったのは周作、あなたではなくて、私だったんじゃないかしら。私はこの期に及んでも、周作、あなたに愛されたいって思ってる。バカな私。本当にドウシヨウモナイ私。悦子にまでしっとして、あなたに近づく全てにしっとして、ホントにお馬鹿さん。あきれてきらわれてしまう前に旅立つことにするから。こわれて、自分で自分のこともできなくなる前に、いっちゃうね。周作の心の中にはおだやかでかわいらしい私だけを残しておいてほしいの。これはおんなごころってやつです。やだわ、かんじがかけない。かんじをどんどんわすれていってる。イヤよ。

周作、あなたと生きたこの世界が好きでした。どんな光の中にも、私がいます。さびしくならないでね。私はずっとあなたのそばにいます。いるよ。いるからね。長いことありがとう。まだここに何かを書くかもしれないけれど、でも今日が今の私のセイイッパイの最後の言葉になる。これから先に書かれていくだろうイミフメイの言葉たちをあまり気にしないで。保っていられるかぎり、私はあなたを見つめている。意識のあるうちに私は自分でモトセンを閉めちゃうことにする。ごめんんね。こんなバカな私で。でもそれだけ、あなたを愛していた、愛している、愛しつづける、って思ってね。

愛しています。小枝。

昭和六十三年九月十日

58

夕食が終わると、女たちが片付けをしている間、男たちは牧場のテラスに集まりグラスを傾けた。頭上に広がる星は、手が届くのではないか、と思うほどに近かった。果てしなく、静かな夜だった。

九七式三号艦攻は、新しい油圧シリンダーも取り付けられて、フラップの問題は解消された。フラップはもともと布張りであったが、破損が酷かったので、庄吉の牧場で飼っている牛の皮に全て張り替えた。補助翼、昇降舵、方向舵もベアリングを取り替え、動きがスムーズになった。引き込み脚の油圧シリンダーも取り替えた。エンジンは庄吉と父親が力を合わせて点検を繰り返してきた成果もあり、五十年という風雪をも乗り越え、飛行にはさしつかえのないまずまずのコンディションであった。

航空機マニアであった庄吉が、米軍のエンジンの分解組み立て工具を参考に作ったという手作りの工具が役立った。後部軸を受けるスパナや推力軸受け締め付けネジ用スパナなどのおかげで、エンジン内の掃除や点検がスムーズに行えた。大きな問題であった主翼内に設置されていたインテグラル式の主燃料タンクもリベットを交換し、燃料漏れはなくなった。エンジンテストも幾度か行われ、最終の段階に達した、と夕食前、栗城が全員に宣言をした。

「あとは、明朝に最後の点検をすれば終わりだ」

周作は起き上がり、栗城をじっと見た。

「じゃあ、いよいよ飛ぶことになるんだな」

栗城は、天候しだいだがね、と微笑み返した。リチャードがグラスを高く翳し、栗城に向かって、おめでとう、と言った。

「ウイリアムさんの協力のおかげです」

ウイリアムは揉み上げを掻いて、照れた。代わりに、どこからか持ち出してきたギターを爪弾きはじめた。彼の故郷のカントリーソングであった。軽快で柔らかいメロディと歌声が周作らの心を、温かく穏やかな南国の風さながら、和ませた。浩子とケイトが奥から出てきて、歌声に耳を傾けた。長閑な時間。周作の心が癒された。

ウイリアムの歌声の合間に車のエンジン音が聞こえてきて、周作らは牧草地帯の上空の雲にヘッドライトの光が移動するのを見た。まもなくエンジン音はウイリアムの歌声よりも大きくなり、旧式のランドクルーザーが牧場の前で停まった。

降りてきたのは、佳代と東洋人の男であった。運転席にはコロンビア人の従業員が座っていたが、彼はそこから降りようとはしなかった。

佳代は男を連れて周作の前までやってきた。

「早瀬さんの息子さん。ええと名前は……」

佳代が紹介すると、男は、早瀬浩一です、と言い、ポケットから名刺を取り出し、周作に手渡した。四十代後半と思われる早瀬の息子は、誰が見ても血を分けた人間だと分かるほどに早瀬光男に似ていた。栗城が周作の傍にやってきて、そっくりじゃないか、と早瀬の息子の顔をじっと覗き込んだ。リチャードやウイリアムは、周作の強張った表情から、穏やかではない雰囲気を察知し、少し離れた場所から成り行きを見守っていた。

「このたびは父が大変お世話になりました。そして、到着が遅くなったことを深くお詫《わ》びいたします」

早瀬の息子は標準語を話していたが、アクセントは九州のもので、使い慣れない言葉のせいか、呂律《ろれつ》が回っていなかった。

「まあ、ここまでわざわざ来たんだ。それでいいよ」

黙っている周作の代わりに、栗城が呟き、男に席に座るよう促した。しかし男はまっすぐに周作を見つめたまま、席につこうとはしなかった。

「それがね、違うのよ」

言いにくそうに佳代が口を挟んだ。周作が身構えた。早瀬の息子は一度、喉を鳴らしてから、まだ灰は空から撒かれてはいないと聞きました、と告げた。

「今更のこのこやってきて、折角皆さんが父の遺言を実行されようと努力なさっているのに、それをここで中止して頂かなければならないのは、本当に心苦しい限りです。しかし、私どももいろいろと協議した結果、地元に父の墓を建てようということに決めたのです」

周作の口許がぎゅっと引き締まるのを、栗城は見逃さなかった。握りしめた拳が男を殴りつけるのではないか、と心配になり、栗城はかつての戦友の右腕をそっと摑んだ。周作は憤りを鼻息に変えて、体の外に逃がした。

「今頃になってそんなことを言われても、どうしていいのか分からないな。あんたたちの気持ちも分からんではないが、だいたい、これは早瀬の遺言なんだ」

「遺言と言われても、私たちは聞いておりませんし」

「君たちが聞いていないのは遺言だけではないだろう。あいつの孤独に今まで誰が耳を傾けたんだ。寂しさが奴の身体をむしばんだのが分からんのか」

栗城が周作の腕を前よりも強く摑んだ。佳代がじっと周作の目を見つめている。心配になったケイトが栗城のすぐ後ろまでやってきた。男はうろたえなかった。視線は足元へ逃げたり、暗闇を彷徨ったりしていたが、その姿勢には強固な意志が滲み出ていた。

「でもどうして今頃、もう、早瀬が死んでから何日も経っているのに、のこのこ出てきて、墓を建てるなんて言いだすのかね」

栗城が穏やかに訊いた。早瀬の息子は苦笑いを浮かべてから、一番下の弟が、創業者の墓がないというのはどうだろう、と言いだしまして、と答えた。

「会社はまあ、現在、九州中部一円で手広く商売させてもらっているのですが、状況はこの前、白河さんにご説明したとおり、芳しくはありません。私たちも苦心してここまで父の会社を維持してきたのですが、中には、父でなければ取引をしない、という人たちもいます。私たちとしては、父が興した会社を守るのが一番の役目だと思って日夜努力をしてきたわけです。ここで父の墓をきちんと作ることは、緩んだ社内の士気を引き締めるためにも、新たな信頼を勝ちえるためにも、とても重要なことだとなったわけです」

白河の右腕を栗城は止めることはできなかった。気がついた時には早瀬の息子は地面に仰向けに倒れていた。ケイトが駆け寄り、ダメよ、殴っちゃ、と周作に抗議した。再度振り上げた周作の拳が栗城の顎に命中し、栗城が引っ繰り返った。

「それでも早瀬の息子か。会社がなんだ。君らの父親がどんなに孤独だったのか、分からないのか。よし、分からないなら、俺がこの手で分からせてやる」

今度は佳代が周作を止めた。リチャードたちが、急転した事態に顔を顰めた。庄吉がリチャードとウイリアムに事の次第を説明した。栗城は自力で起き上がると、殴られた顎を手で押さえてその場を離れた。ケイトが栗城に、大丈夫ですか、と訊いた。栗城は、ちょっと顎を冷やしてくる、と母屋を指さした。

「白河さん、これは家族全員で決めたことだから、法律的には従ってもらうしかないんです」

早瀬の息子が両肘を使ってゆっくり起き上がると、服の汚れを払ってから続けた。

「僕らはこれでも早瀬光男の家族です。家族が墓を必要としているのだから、あなたはそれを止めることはできない」

「あいつが病院で生死の境を彷徨っていた時には誰も来なかった。あいつが死んで、これからやっと自由になれるという時にやってきて、また早瀬をお前らは孤独にさせるんだ」

周作は、早瀬の霊が半透明な状態で霊界を浮遊していたことを思い出した。早瀬を孤独にしてはならない。彼の魂は早瀬の遺言どおり、南の海に撒かなければならない。それが彼が安らかに眠る一番の方法だ、と周作は思った。

「残念だが、君らに渡す骨はない」

周作ははっきりと告げた。

「裁判になりますよ。いいんですか。僕らも綺麗事ではやっていけない厳しさの中にあります。社会的な体裁のためにも、裁判くらい起こしますよ」

周作は早瀬の息子を哀れに思った。戦後が拵えた人間たちには、人情という二文字は存在しないのか。こんな日本にしてしまったのが、あの戦争だったのではないか、と考えた。あの戦争さえなければ、日本人はここまで薄情にならずにすんだはずだ。戦前の日本をそのまま持って生きているハワイの人たちの方がよっぽど日本の良さを失わずにいる。周作は、早瀬の息子の顔を見ているうちに悲しくなってきた。くそ、と吐き捨てた。

「なんて寂しい人間なんだ、君たちは」

周作がそう告げると、僕は長男として残った者たちを導かなければならない、理解してください、と早瀬の息子は訴えた。周作はもう怒鳴る気力も殴りつける力も残ってはいなかった。

栗城が骨壺を持って戻ってきて、それを早瀬の息子に手渡した。残った手で周作に殴られた顎を濡れタオルで冷やしながら。周作は驚き、慌てて骨壺を取り返そうとしたが、栗城に阻止された。栗城は周作の前に立ちふさがり、

「いいか、白河。彼は早瀬の息子だ。俺たちがいくら奴の意思を尊重しても、残った親族には敵《かな》わない。彼らにも早瀬と生きた長い年月がある。今こそ、日系人に学ぶんだ。ｑｕｉｅｔ ｅｎｄｕｒａｎｃｅだよ」

と珍しく大声を張り上げた。

「こんな奴らの元に早瀬を戻したら、あいつは彼岸には渡れない」

周作は、骨壺の中身を確かめている早瀬浩一に向かってそう怒鳴ったが、語気にはすでに力がなかった。敗北感のような疲れが押し寄せてきて、周作を包み込んだ。

「こっちの火葬は火が強くてね、骨の形さえも残らないんだよ」

栗城が説明すると、早瀬の息子は頷きながら、

「来る途中、今村さんからその辺の話も聞かせて頂きました。綺麗な灰です」

と告げ、頭を一つ下げた。

「さあ、早く戻りなさい」

栗城が、コロンビア人の従業員が待機している「夏の家」の社用車を指さした。男は、白河に向かって、お世話になりました、と告げて踵を返した。

早瀬の息子を乗せたランドクルーザーは来た道を戻っていった。残った佳代がため息を零してから、しゃがみこんでしまった周作の背中を摩った。

「白河さん、がっかりしないで」

周作は、目を瞑った。

「よかったじゃないか。これでみんなハッピーになれた」

栗城が、濡れタオルをテラスに放り投げてから、一同を振り返った。

「お前があいつを殴りつけた時には驚いたよ。傷害罪で訴えられたら、それこそ早瀬を悲しませることになる」

栗城が笑いだしたので、周作は立ち上がり顔を真っ赤にした。佳代とケイトが周作の腕を押さえた。栗城は、まあまあ、と怒り心頭に発している周作に向かって手を振った。

「あの中身は砂糖だよ」

栗城が呟くと、強張っていた人々の目元が緩んだ。

「でもただの砂糖じゃない。折角ここまで来てくれたんだ。この辺りで栽培された極上のシュガーケーンで作られた砂糖を入れておいたよ」

59

深夜、周作は眠れず、懐中電灯を摑むと、牧場を出た。牧草地の果てにまんまるい月が出ている。海岸まで下るゆるやかな坂道は、懐中電灯に頼らずとも十分歩くことができた。牧草が月光を浴びて銀色に輝いている。モノクロ写真を反転したような奇妙な光景を見回しながら、周作は海岸へと下った。

波の音が昼間よりも強く耳を塞いだ。風があるせいで、波も高く、果てしない闇の中で波の線だけが浮かび上がっては消えた。無数の魂が陸地を目指して泳いでいるように見えたが、不気味というのではなく、逆に、周作は深い安らぎを覚えた。

バニヤンツリーの森は月光を帽子のように被った巨大な涅槃仏《ねはんぶつ》に見えた。風が吹くたびに高木は揺れた。さわさわというのではなく、右に左に静かに堂々と、話しかけるように揺れている。しばらくの間、周作は格納庫まで上る幅広の道の途中に立ち止まり、森の話に耳を傾けた。月が森の目玉さながら、上部の一角にあった。満月だと思っていた月も微妙に輪郭が揺れており、丸が楕円《だえん》になったり、歪んだり、生きているように、膨らんだり縮んだりしていた。

「お願いです。どうか、私に力を貸してください」

周作は森に向かって、月を見つめ、叫んだ。声は風でかき消されそうになったので、もう一度、大きな声で同じ言葉を発した。

森が揺れた。ごお、と風が地面を擦るように吹きつけて、さらに大きく振り子のように揺れた。バニヤンツリーが格納庫を抱え込んでいるように見えた。不意に羽ばたく音が聞こえた。涅槃仏が翼を生やし、巨大な不死鳥へと変化した。半世紀、この森たちは九七式艦攻を孵化《ふか》させようと温めてきた親鳥なのだった。鳥の目が光り、銀色の光線が周作の目を射た。

格納庫まで歩き、田部大尉らの墓に手を合わせてから、正面の大戸を引き開けた。森が吠えるような甲高い叫び声を発した。懐中電灯で九七式艦攻を照らした。大鳥に抱きかかえられた爆撃機はまさに今、その子宮の内側で、生まれ出ようと翼を広げていた。懐中電灯の灯が海燕《うみつばめ》の鉄の肌を這った。周作は自分が九七式艦攻と同化していくような気持ちを味わった。自分の最後のエネルギーを吸い取られていく。むしろ周作の魂が九七式艦攻に乗り移ろうとしていうような奇妙な浮遊感であった。

白河周作は目を閉じ、肺の奥深く、空気を吸い込んだ。黒い空気を吐き出して、白い空気を吸い込む。周作は自分にそう言い聞かせ、深呼吸を続けた。


周作は光に瞼を圧されて、いつものように目が覚めた。

ここに来てこれまでの疲れが出たせいか、まどろむ意識の中、起きなければ、と何度も言い聞かせているが、身体は重く、なかなか起き上がることができなかった。頭の裏側に鈍い部分がある。昨夜、長い時間、九七式の傍で夜を過ごしたせいだった。

窓の外が煩かった。早起きの庄吉が作業をしているのだろう、と思った。隣で寝ているはずの栗城の姿もなかった。ひと足先に現場に赴き、最後の点検をしているのかもしれない。

十二月八日か、と周作は薄目で時計を眺めながら呟いた。今日で丁度、真珠湾奇襲作戦から五十年という歳月が流れたことになる。周作は再び目を瞑り、記憶の糸を手繰った。

日本時間、昭和十六年十二月八日、午前一時三十分。第一次攻撃隊の百八十三機は六隻の空母から一斉に発進した。指揮官機のオルジス灯を頼りに、全機は上空で集結し、一路オアフ島を目指した。高度三千メートルで、百八十三機の攻撃機群は雲上飛行に入った。次第に東の空が明けはじめると、黒々としていた眼下の雲の縁が白みはじめる。太陽が昇るにしたがって、雲は様々な表情へと変化し、最後はコバルト色になった。その雲の上に顔を出した太陽は真紅に輝き、まるで炎を上げているようだ。周作は風防ガラスを開けて、周囲を見回した。朝日を受けて照り映える第一次攻撃隊の銀翼がずらりと雲上に犇《ひしめ》いていた。壮観な眺めであった。

一時間半ほどすると雲の切れ間に白い海岸線が見えた。栗城が伝声管を通して、オアフ島の北端カフクポイントだ、と告げた。隊長機が大きくバンクして、島の西側を目指した。全攻撃機がそれに従う。いよいよ、真珠湾が間近だ。操縦桿を握る周作の手が汗ばんだ。雲が次第に薄れていった。そして十二月八日午前三時十分頃、オアフ島北西の谷間の先にようやく真珠湾の全景が見えた。早瀬が、見えたばい、真珠湾が見えるったい、と声をあげた。真珠湾がどんどん近づくにしたがって、フォード島周辺に停泊する艦船群の輪郭もはっきりとしてきた。『全軍突撃せよ』の信号が隊長機から入った、と伝声管を通して、早瀬の若々しい声が弾けた。周作は操縦桿をいっそう強く握りしめ、意識を集中させた。昭和十六年十二月八日午前三時十九分。ホノルル時刻、十二月七日、午前七時四十九分であった。

雲の上を飛行するような、朦朧たる朝の物憂げな気分の底部に、記憶の破片が散らばっており、それが光を受けてギラギラと輝いていた。脳細胞の中心に、蠢《うごめ》く得体の知れないエネルギーを感じ、周作はおもむろに目を開けた。

意識はまだぼんやりと昔日にあり、重たかったが、周作は、よし、と気合を入れ、頭の裏側の鈍い痛みを払いのける勢いで、毛布を剝ぎ、起き上がった。

掌で顔を、パンパンと叩いてみた。脳に刺激が走り、目元が幾分、楽になった。着ていたシャツを脱ぐと、腕先や足の太股《ふともも》の辺りを鳥肌が駆け抜けた。深呼吸を数回し、新鮮な空気を吸い込んでは、それをゆっくりと吐き出した。

ドアが開き、爽やかな空気とともに、栗城が浮かない顔で姿を現した。戦友は、挨拶の代わりに、大変なことになっている、とだけ告げた。周作は、きょとんとした顔で栗城を見つめることしかできなかった。ここまで来て、大変なこととはなんだろう。一抹の不安がうつらうつらしている脳裏を過った。

栗城は言葉で説明する代わりに、カーテンを少しだけ開いてみせた。テレビ局の中継車が、牧場の前に停まっているのが見えた。見知らぬ男たちが同軸ケーブルを引きずり回しては、慌ただしく動き回っている。騒がしいと思ったのはこれだった。

栗城は、周作の肩に手を置き、冷静になれよ、と呟いた。

「何事も冷静が一番だ」

周作は栗城が言っている言葉の意味を理解することができなかった。朦朧とした頭を抱えたまま、取り敢えず表に出てみることにした。テラスに設置されたテレビカメラが周作を狙っていた。庄吉が走ってきて、すまない、と神妙な顔で謝った。

「折角だから、この記念すべき瞬間をテレビ中継したらいいだろうと思ったんだ。友人に、といっても父親の代からの取引先の息子が、もちろん同じ日系人だよ、一緒に戦争に行った仲だ、信用できる男なんだ、で、たまたまそいつが昔地元のテレビ局に勤めていて、みんなが寝た後に、こっそりと電話で相談してみた」

庄吉はそこまで一気に話すと、一度生唾《なまつば》を飲み込み、でも、まさかこんな大げさなことになるとは思いもしなかったよ、と申し訳なさそうに頭を掻いた。

まだ周作は何が起こっているのか、それが何を意味しているのか、を理解することができずにいた。目を擦り、中継車をぼんやり眺めていると、リチャードとケイトが周作を見つけ、小走りでやってきた。一同はじっと周作の顔色を窺った。

「で、どういうことだ」

周作はそう一言訊いた。庄吉が咳払いをした後、言いにくそうに呟いた。

「全米に中継される」

数秒の沈黙があった。全米、と周作が口にしたその次の瞬間、天地が崩れ落ちるのかと思うような、物凄い轟音がして、牧場の屋根を掠めるようにヘリコプターが飛んでいった。激しい風が砂ぼこりを巻き上げた。牧場一帯が砂嵐に包み込まれた。一同は砂嵐から顔を隠さなければならなかった。周作の口にも砂が入り、咳き込んだ。

「何？　なんだ！」

衝撃によって意識が宿った周作は、慌てて上空を旋回するヘリコプターを見上げて、叫んだ。栗城が、まあ、落ちつけ、と周作の背中を押さえた。相談くらいしたらどうだ、とリチャードが英語で庄吉に怒鳴った。庄吉も英語で、だから、軽くあいつに意見を聞いてみる程度のつもりだった。だって、こんな機会は滅多にないし、俺にしてみればこのトーピドーボンバーは、恋人のような存在だ、その恋人の一世一代の晴れ舞台じゃないか、何かうまく記録する方法はないかなって考えたんだ、しかしだ、まさかここまで大げさになるとは思わなかったよ。

「私が折角ホームビデオで記録をするつもりでいたのに、あんなのがやってきたんじゃ、もう私の出る幕はない」

中継車を指さし憤るリチャードをケイトが宥めた。周作の頭の裏側が熱を持って痛みはじめた。全米に放映されるのか？　周作はなんとか言葉を吐き出した。

「この様子じゃ、日本にもニュースが流れるだろうな」

と栗城が言い、ケイトが、

「何を言ってるんですか、世界中に流れるわ」

と苦笑いをした。庄吉はますます小さくなり、すまない、と謝った。

「しかしだな。好都合なこともある。冷静になって聞いてほしい」

庄吉は怯《ひる》まず続けた。しかし興奮しているせいか、途中から英語になってしまった。

「我々は飛行許可を取っていない。それに、君らがあれで空を飛べば、まず間違いなく米軍の戦闘機がやってくる。真珠湾の上なんか飛んでみろ、撃ち落とされてしまう可能性もある。いくらその覚悟があっても、撃ち落とされては話にならない。でもだな、あのヘリコプターが一緒なら、撃ち落とされることはない。テレビ局が事前に動いてくれるし、向こうもこのチャンスは逃したくない。今日はなんといっても真珠湾奇襲攻撃から五十年目にあたる記念の日だ。元日本兵と元アメリカ兵が力を合わせてこの偉業をなし遂げようとしてるんだ。テレビ局にしてみれば大スクープ。いいや、ハワイ州にとっても、これほどの話題はないだろう。太平洋艦隊だって歓迎してくれるかもしれない」

「そんなにうまくいくでしょうか」

ケイトが言った。いくさ、あのヘリが一緒に飛んでガードしてくれることになっているんだ。栗城がケイトの袖を引っ張り、なんて言ってるのかね、と通訳を求めたが、興奮気味のケイトは栗城の腕を払いのけてしまった。

「ちょっと待って。あのヘリコプターが？」

「ああ、でもあんたらの前にしゃしゃり出ることはない。君らの後ろを飛ぶから邪魔にはならない。テレビ局の友人がハワイ州に勤める友人に、そうそう彼も日系人だ、それと、日系人の州議会議員にも電話を入れた。いいかね、ハワイには沢山の日系人の州議会議員がいるんだ。連邦議会議員だっている。一九五四年には二世議員たちを主要メンバーにする民主党が准州議会の上下両院を掌中に収めたほどだ」

庄吉は周作の目を睨んだ。周作は庄吉が何が言いたいのか理解できずにいた。二人はじっとお互いの目を睨み合った。庄吉は興奮気味に微笑むと、

「つまりだ。あっちこっちに仲間たちが電話を入れてくれた。飛行許可証が取れないか、検討してもらっている」

と言い放った。飛行許可か、とリチャードが呟いた。

「そうだ。我々には飛行許可証がない。それにもう一つ。着陸する場所がない。ここに戻ってくるつもりかもしれんが、それは危険だ。なんとか離陸はできるかもしれんが、着陸は至難の業だ。ちょっとオーバーランしてしまえば、バニヤンツリーに激突してしまう」

「田部大尉は着陸している」

と今度は周作が頭上を旋回するヘリを、苦々しく目で追いながら英語で言った。

「着陸の衝撃で外に弾き出され、少なくとも搭乗員の一人は死んだと思われる。何が起こる

か分からないじゃないか。もしもだ」

庄吉は一同を見回した。栗城はケイトに、なんて言っている、と怒るような口調で訊ねた。ケイトが急いでそれまでの会話を要約して通訳した。

「フォード基地への着陸が許可されれば、これはもっと大きな意味を生み出す」

フォード基地だと？　許可が取れるものか、とリチャードが鼻で笑った。

「だから、正面から許可を取ろうとしたって無駄だ。突然飛んでいって突然下りるんだ。危険は最初から承知の上だ。亡命パイロットと一緒だよ。亡命パイロットに許可証はない。それにだ、亡命機は撃ち落とされたりはしない」

庄吉が一歩前に踏み出し、周作を見上げた。

「とにかく、今日は真珠湾奇襲から五十年目にあたる。世界中が注目するメモリアルデイだ。これも神様のお導きだろう。こっそり飛ぶよりも、目立った方がいい。堂々とここを離陸するんだ。そして堂々とフォード基地に着陸するべきだ」

庄吉は自分に興奮し、唾を飲み込んだ。旋回したヘリコプターが戻ってきて、牧場の敷地に着陸しようとしていた。再び風が舞い上がり、目も開けられない状態が続いた。周作もケイトもみな、顔を手で覆わなければならなかった。砂まじりの風を避けている間、周作は必死で迷いを払いのけようとしていた。これ以上、俺は後悔をすべきではない、と自分に言い聞かせていた。数分が経ち、ヘリコプターの爆音が収まった時、周作はある一つの決意を固めていた。テレビ局の人間が数名、ヘリコプターから降りてきた。彼らはまっすぐに周作めがけて歩いてきた。

「よし、分かった」

周作ははっきりと日本語で返事をした。

60

テレビカメラが撮影をする中、周作らは鈍色に輝く九七式三号艦上攻撃機の前に立った。

あなたが雷撃機の元パイロットですね、と特派員と思われる若い男がマイクを周作に向けたが、周作は緊張してしまい、返事さえろくにすることができなかった。

「これは全米に流れているのか？」

周作は怒るような表情で、カメラの後ろに立つケイトに訊ねた。ケイトは素早く頷いた。

特派員が、今の気持ちを話して頂けますか、と再び丁寧に質問をした。認識はできるのだが、順序立てて物事を識別できない。起こっていることが、頭の中で混線しており、集中することができず、新たな苛立ちの淵に周作は立たされていた。

一度、栗城の顔を見てから、

「この爆撃機は平和の爆弾を落とすために生まれ変わった」

と英語で返してみた。特派員の表情が明るくなったが、周作は、そういうことを言いたかったのかどうか分からなくなり、眉間に縦皺を寄せた。物凄いスクープを目の前にしている実感が若い特派員の顔を覆った。特派員がマイクを周作の鼻先に突き出した。周作は顔を顰め、何するんだ、と思わず突き出されたマイクを手で払ってしまった。

リチャードが助け船を出し、これまでの経緯を説明しはじめた。横にいた庄吉も自分たち日系人の歴史的な立場などを興奮気味に言葉にした。周作はその間、黙って俯いていたが、心の底の方にうずくまっていた得体の知れないエネルギーが熱く煮えたぎろうとしており、焦《じ》れったさに苛立ちばかりが募っていった。

「ダメだ。俺はこういうのが苦手なんだ」

往生際が悪いぞ、と栗城が逃げ出そうとする周作の腕を摑んだが、周作はそれを力いっぱい払いのけた。

「予定調和ってのが嫌いなんだよ。俺は、俺は」

周作は自分の気持ちをうまく英語で説明できないもどかしさから、顔中が真っ赤になっていた。くそ、と周作は叫んだ。カメラは回りつづけている。

「俺は……すまない。先に行く」

周作は一人、踵を返した。背後から特派員が、ミスター・シラカワ、と叫んだ。周作は振り返り、俺は誰かのために飛ぶんじゃない、綺麗事のために飛ぶのでもない、悪いが俺は二度と戦争を経験したくないだけなんだ、と叫んだ。

追いかけてきた庄吉に向かって、周作は指先を向けた。

「段取りどおりには進めたくない。悪いが俺は飛ぶぞ」

庄吉は、もちろんだ、と頷いた。ウイリアムが最後の整備を終えて、機体の下で周作らを待ち受けていた。問題はない、とウイリアムは笑顔で応えた。周作は元アメリカ兵の大男と握手をした。庄吉とも握手を交わした。その時、庄吉がポケットから一枚の写真を取り出した。

「頼みがある。これはパパの写真だ。一緒に乗せてやってくれないか」

分かった、と呟くと周作は、小枝の写真をズボンのポケットから取り出し、二枚を重ねて胸のポケットにしまった。一度大きく深呼吸をし、それから九七式艦攻を見上げた。いよいよだな、と栗城が力強い声をあげる。ああ、と呟くと、周作は梯子《はしご》を上り、主翼伝いに操縦席に乗り込んだ。早瀬の席には、リチャードが小型無線機を持って座ることになった。足の不自由なリチャードを栗城と庄吉が手を貸して座らせた。危険だからダメだ、と周作は反対したが、リチャードは聞き入れなかった。

「俺が無線機を持って乗る。それで地上とやりとりをする。それはあんたらが撃ち落とされないために、だ。俺がいればアリゾナ記念館の連中も後押ししてくれる。さっき電話で館長と話はつけておいた」

庄吉も、それがいい、と言った。アメリカ人が乗っていることも大事だ、と彼は付け足した。みんなで半分ずつ責任を持つんだ。捕まる時はみんなで一緒に捕まる。みんなで仲良く牢に入る。庄吉が笑った。

「くそ、勝手にしろ」

周作は怒鳴ったが、心中は嬉しかった。周作が振り返ると、後部席で、早瀬光男に代わりリチャードが親指を立てて合図を送った。周作も、親指を立てた。千羽鶴を首に巻いた栗城が、タッパーに詰められた早瀬の灰を持って乗り込むと、風防ガラスは閉じられた。

カメラが撮影をしていようと、飛行許可証がなかろうと、もう周作には関係がなかった。今、彼の心の中にはただ一つのことだけしかなかった。周作はその全神経を傾けて、この飛行を成功させることに集中した。五十年という時間の流れが白河周作にも九七式三号艦攻にも同じだけ降りかかっていた。そのブランクを乗り越えて、飛ぶのだ。自分たちが隅っこに押しやられて目的も失い、価値も見失い、人間として自信を失って生きてきたこの半世紀近くを、最後の飛行で取り戻したかった。

周作は緊張気味に始動装置に手をかけた。時代を遡《さかのぼ》っていくような若々しいエネルギーが周作の腕に集まってきた。

モーターが動きだし、フライホイールが増速度回転をはじめた。フライホイールが毎分一万三千回転に達したのでクランク軸と接続させた。グルグルと唸るような振動が機体を揺らした。周作は、一度深呼吸をした後、点火スイッチを入れた。燃料が注射され、往年のパワープラント、栄型エンジンが激しい轟音をあげて始動した。

機体が震える。それは激しく震えた。操縦桿を握りしめ、前方を見た。エンジン音は当時のままであった。機体が動きだす瞬間、さらに大きく数度揺れた。ガタガタ、という振動音が足元を揺さぶったが、まもなく安定した状態に戻った。九七式三号艦攻は格納庫を滑り出し、滑走路に見立てた道の端で一旦待機した。機体が震えつづけている。地響きのような揺るぎない振動が周作の全身に伝わってきた。戦争で命を失った大勢の人々の思いがエンジンに息吹きを注ぎ込んでいくような、霊的な力を感じた。操縦桿を動かし、機首をまっすぐに向けた。周作の頭の中には、余計な思いは何一つとしてなかった。エンジンは高速で回転を続けている。ブレーキを外し、操縦桿を握りしめ、そこに改めて全神経を集中させた。キーンという硬い音がオアフ島を揺るがした。機体が滑走をはじめた。速度計が大きく揺れた。

波打ち際が道の突端にあった。海の青さが迫ってくる。光が跳ねた。世界が揺れた。次の瞬間、機体がふわりと浮いた。身体中の血が沸点に達したようだった。離陸するぞ、と栗城の声が伝声管を伝わって聞こえてきた。

「離陸しろ」

周作は心の中で叫んだ。

「よし、離陸だ」

周作は、肉体が空の只中へと投げ出されたような感触を覚えた。周作は身震いした。もう二度と飛ぶことはない、と思っていた大空が目の前に広がっていた。それも幻の九七式爆撃機を操縦し、ホノルルの空を飛んでいる。この感触。ああ、離陸したんだ、と周作は操縦桿をさらに強く握りしめて口走った。何もかもが昔のままであった。機体は上昇をはじめている。ぐんぐん、上昇した。重力が周作らの肉体にかかった。魂の奥底で煮えたぎっていたエネルギーが、この爆撃機のエンジンへと吸い込まれていくようである。それは十四個のシリンダーを通過し、最後は排気孔から浄化され、青空へと吐き出されていった。

まだ俺は青春の只中にいる、と周作は思った。

快晴であった。遮るものの何もない視界。太陽が空の中心で眩く輝いていた。周作は目を瞑り、瞼の裏側の丘を見上げた。丘の上で小枝が大きく手を振っていた。手をいっぱいに広げて眩しそうに振っていた。涙が眼球を濡らし、光という光が周作の七十五歳の精神の中で輝いた。ナット・キング・コールのモナ・リサがどこからともなく聞こえてきた気がした。目を開けると、眼下に南国の海があった。金波銀波が、海面を光の照射でふっくらと持ち上げるように輝いている。遠くに真珠湾の懐かしい景色が待っていた。速度計が125ノットを指している。早瀬の灰を撒くぞ、と伝声管から栗城の声が聞こえてきた。周作は操縦桿を僅かに捻り、灰が大空いっぱいに拡散するように、機体を傾けた。同時に空が傾いた。揺るぎない青が視界を埋めた。水平だった空が宇宙と溶け合った。周作は操縦桿をさらに捻った。世界がいっそう傾斜した。青い海と青い空の境目が消えた。神聖な青色で染め抜かれた果てしない宇宙が視界に広がっていくのが見えた。このまま宇宙まで突き抜けてみたい、と周作は思った。操縦桿をいっそう強く握りしめた。世界が一回転する。宇宙が一回転した。

太平洋の美しい海面の輝きが視界の先で待っていた。眩い光が、力強い風が、風防ガラスの中を満たした。周作は笑っていた。涙を流しながら、歯を食いしばって笑っていた。

モナ・リサの微笑み

光が違う、とケイトは思った。

ケイトはしゃがみこんで、一握の砂を見つめた。砂も違う、と思った。目を閉じ、深呼吸をしてみた。湿った身体で抱きしめられたような匂い。空気も違う、と思った。光は同じ太陽から降り注いでくるようには思えなかった。空気の湿りけとは異なり、それはさらさらと乾いていた。目を開けると、光が網膜を引っかいた。痛い眩しさだった。

砂を払い、起き上がると、ケイトは鎌倉の外れに位置する海岸を再び歩きだした。風がシャツをはだけさせたが、不意に誰かに抱きつかれたような風だった。まとわりつく湿気をなんとかかわしながら、ケイトは砂にとられそうになる足を踏みしめて砂丘を上りはじめた。

交通量の多い国道を渡り、石段がどこまでも続く小高い山を登りはじめると、鬱蒼と繁る木々が陽光を遮り、日本の暑さからは離れることができた。石段の数を途中まで数えていたが、五十段ほどのところで、ふと早瀬光男のことを思い出し、あの日の、三人の老人たちとダイヤモンドヘッドを登った時の、息づかいが不意に脳裏を過っていった。海を振り返った。名も分からぬ緑の濃い高木の背後に、不鮮明な海が横たわっていた。晴れているのに、ぼやけて霞んだ不思議な海だった。

小高い山の上に寺があり、その一角に白河周作の墓があった。墓は海に向かって建っており、生前の頑固さそのままに海原を睨み付け、泰然と屹立《きつりつ》している。その横には白河小枝という名が彫られた墓があった。ナット・キング・コールのモナ・リサが好きだ、というのはこの人か。ケイトは仲良く並んだ墓を見て、思わず微笑んでしまった。

白河周作の三男知久は、本当は遺言がありましてね、と電話口でぼそぼそと語った。俺が死んだら、小枝の骨と俺のとを臼《うす》でひいてセメントで混ぜあわせて骨のボールを作ってくれ。それを海に流してほしいんだ。

「でもそんなことを言われてもね。兄弟全員で協議した結果、母の故郷の海辺に墓を建てるのがいいだろうということになったんです。親父はきっと天国で、さぞ悔しがっているでしょうな。目に浮かびます。でもあんな頑固親父でも、たまには会いに行きたいじゃないですか」

くすくすと笑う白河周作の息子にケイトは好感を持った。あの人は愛されて亡くなったのだ、と思った。

白河周作が他界してから五年が経っていた。九七式艦上攻撃機がフォード基地へ強行着陸をしてから、すでに十年が過ぎようとしていた。白河周作は八十歳で亡くなるまでの間、毎年のように真珠湾を訪れた。リチャードと、アリゾナ記念館で毎年十二月に催されてきた、講演会に出席するためであった。

ケイトは周作を父親のように慕った。本来ならば、葬式にも列席しなければならなかったが、再婚したアメリカ人との間に新たな子供が生まれたばかりで、その育児に追われ、どうしても日本へは駆けつけることができなかった。

石の墓は白河周作らしい、とケイトは思った。その角張った真新しい墓石は彼の人生をそのまま物語っているようであった。国道沿いの花屋で買った菊を墓前に供えてから、ケイトは手を合わせ、頭を少し前に俯かせると、佳代に習ってきたとおりの、日本式の祈りを捧げた。背後から海の香りが漂ってくる。優しい風がケイトを抱きしめる。すぐ近くに白河周作の魂が降りてきているように感じた。ケイトは頭上を見上げた。流れていく雲の切れ間で光が跳ねていた。

「待っていたバスが来ました。それでジョンと私はそれに乗ることができたね」

ケイトは白河周作の魂に向かってそう呟いてみた。

「夫が長期の育児休暇をとってくれたので、やっと白河さんに会いに来ることができました。下の子とジョンの面倒を見てくれている。優しい人で、何不自由なく生きています。幸せね。

でも不思議ですね。幸せってこんなに簡単に手に入れることができるものだったんですね」

風が微笑んだような気がした。ケイトはふと気がつき、周作の墓前に手向けた菊の花を半分、白河小枝の墓前に分けた。

「優しくされることになれなければって、今は必死です。ウレシイヒメイ？　でしたっけ。私の日本語。まだダメですね。ガイドも辞めたからますます日本語下手になってきました。白河さんも天国に行っちゃったから、どんどん日本、遠ざかっていきますね。それがちょっと寂しい。だから、ジョンに、心とか、人情とか、おかげさまで、とか、そういう日本的な言葉と精神を教えています。まだちょっと難しいみたいですけど」

ケイトは笑った。笑いながら、涙が頬を伝い落ちていくのに気がついた。ケイトは涙を拭い、小さく息を呑み込んだ。それからもう一度手を合わせなおし、

「白河さん、やっと奥様と天国で会えましたね。幸せな顔が伝わってきますよ。どうぞ、どうぞ、安らかに眠ってください」

と優しく告げた。風がケイトの顔をさらった。ケイトは、背中を誰かにとんとんと叩かれたように感じ、海を振り返った。霞んでいた海面が晴れて、空と海の境目がはっきりと現れた。光が、水平線の先まで途切れることなく、照り映えていた。

参考文献

『二人だけの戦争—真珠湾攻撃零戦と日系二世島民の悲劇』　牛島秀彦著　毎日新聞社
『真珠湾攻撃』　淵田美津雄著　ＰＨＰ文庫
『淵田美津雄—真珠湾攻撃を成功させた名指揮官』　星亮一著　ＰＨＰ文庫
『真珠湾攻撃』　ウォルター・ロード著　小学館文庫
『現代史の断面・真珠湾攻撃』　ねず・まさし著　校倉書房
『世界の偉大な戦闘機1零戦』　ロバート・C・ミケシュ著　河出書房新社
『日米航空戦史—零戦の秘密を追って』　マーチン・ケーディン著　経済往来社
『ハワイ諸島植物調査報告書１９７８』　日本植物園協会昭和53年度（第9次）海外
植物調査隊編　日本植物園協会
『海軍航空教範—軍極秘・海軍士官搭乗員テキスト』　押尾一彦、野原茂編　光人社
『日本海軍のこころ』　吉田俊雄著　文藝春秋
『九七式艦攻／天山』　雑誌「丸」編集部編　光人社
『戦史叢書　ハワイ作戦』　防衛庁防衛研修所戦史室編　朝雲新聞社
『ハワイ・ブック—知られざる火の島を歩く』　近藤純夫著　平凡社

この作品は二〇〇二年十二月小社より刊行された『愛と永遠の青い空』を改題したものです。

なお、エピグラフは『蝶々と戦車・何を見ても何かを思いだす――ヘミングウェイ全短編3』高見浩訳／新潮文庫より引用しました。

青空《あおぞら》の休暇《きゅうか》

辻《つじ》仁《ひと》成《なり》

平成18年8月5日　初版発行

発行者――見城徹
発行所――株式会社幻冬舎
〒151-0051東京都渋谷区千駄ヶ谷4-9-7
電話　03(5411)6222(営業)
　　　03(5411)6211(編集)
　　　振替00120-8-767643
印刷・製本―中央精版印刷株式会社
装丁者――高橋雅之

幻冬舎文庫

ISBN4-344-40830-6　C0193　　つ-1-6